오늘 밤 10시

허니제이

오늘 밤 10시
허니제이

김경옥 글 · 조민경 그림

이오앤북스 📖

세모 집에서 벌이는 허니제이의 특별한 파티

『오늘 밤 10시 허니제이』는 이전에 나왔던 『밤 10시의 아이 허니J』라는 작품에 새 옷을 입혀 다시 출간한 것입니다. 우리 독자들에게 좀 더 산뜻하게 다가가기 위해 옷을 한번 갈아 입혀 봤어요. 얼마간 빛을 못 본 채 있었지만 이번에 새로 개정판으로 나와 좀 더 밝은 세상에서 어린이들과 만나길 바라는 마음으로 정성을 들였습니다.

이 작품은 제가 살았던 동네인 일산 정발산 산책길에서 만나던 세모 집에서 아이디어를 얻었어요. 아무도 살고 있지 않는 것처럼 늘 커튼이 내려져 있고 한 번도 사람을 본 적 없는 그 집 앞을 지날 때면 상상력이 발동되곤 했지요.

"저 집에는 어쩌면 특정한 시간에만 특별한 아이가 와서 몰래몰래 사는 건 아닐까? 그 아이는 왜 이곳으로 왔을까?"
그런 생각을 해보았어요.
이 작품을 쓰던 당시, 내 주변과 우리 사회에서는 슬픈 일이 연달아 일어나기도 했어요. 그때 저는 '영원한 이별'에 대해 생각했어요.

이 세상에 행복하고 기쁜 일만 있다면 얼마나 좋을까요? 하지만 우리가 사는 세상엔 불행한 일도 많습니다. 특히 내 주변의 사랑하는 사람을 일찍 떠나보내 영원한 이별을 해야 하는 일도 있습니다. 그런 경우 슬픔을 견디기 힘듭니다.

제가 어렸을 때 처음으로 겪은 죽음은 아기였던 사촌 동생의 죽음이었습니다. 그렇게 귀여워했던 사촌 동생이 하늘나라로 갔을 때 저는 큰 충격을 받았습니다. '죽음이란 무엇일까?' '그렇게 연약하고 예쁜 아기는 어디로 간 것일까?' '정말 하늘의 별이 되었을까?' 어릴 때의 그런 물음들이 제 가슴에 오래도록 남아 있었나 봅니다.

가끔 어둠이 막 내려앉은 초저녁 하늘을 보면 참 슬프기도 하고 아름답기도 합니다. 그런 하늘에서 별 하나가 반짝일 때 저는 위로를 받기도 합니다. 그 어린 별은 깜빡거리며 인사를 보내는 것 같기 때문입니다.

"나 잘 있어요. 나는 내 별에서 가끔 모험하며 행복하게 잘 지내요. 그러니 걱정하지 말아요. 앗! 모험하러 먼 길을 가다가 가끔 다락방에 들를 수도 있어요. 오늘 밤 10시에 말이에요."
그런 날은 빨간 우체통에 노란 편지가 삐죽 나와 있을지도 몰라요. 산책길에 세모 집을 유심히 보는 사람만 볼 수 있는 신비스러운 편지지요.

『오늘 밤 10시 허니제이』는 주변에 사랑하는 누군가를 잃은 자들에게 먼 별의 아이, 허니제이가 특별한 파티를 벌여 위로를 보내는 이야기입니다.

평소 '언니가 있었으면 좋겠어.'라고 생각하는 몽상가 기질의 새미와 먼 별에서 온 늙은 아이 허니제이에게 과연 어떤 일이 벌어졌을까요? 허니제이는 왜 낯선 모험을 떠나 오랫동안 비밀스러운 파티를 준비했고, 새미는 왜 친구들과 비밀 미션까지 벌일까요?

오늘 밤 10시! 당장 책을 펼쳐 읽어보세요. 너무 재미있어서 친구들은 밤을 꼴딱 새울 거예요. 또 동화 속 친구들이 벌이는 가짜 잠옷 파티는 읽으면서 웃음이 쿡쿡 나올 겁니다.

푸른 불빛 아래 스위스제 뻐꾸기시계가 제멋대로 울리는 세모집 2층 다락방으로 여러분을 초대합니다. 허니제이가 내주는 따뜻한 꿀차 한 잔을 마시면서 이야기 속에 스르르 잠겨보시길 권합니다.

동화작가 김경옥

|목 차|

I. 세모 집의 이상한 편지

새미는 산책할 때마다 세모 집을 만난다. 지붕도 세모, 마당도 세모다. 방향도 다른 집들과 달리 해가 잘 드는 남쪽이 아닌 서쪽을 향해 살짝 틀어져 있다. 어딘지 이상하다. 하지만 새미가 이 집을 좀 특별하게 여기는 이유가 있다. 그건 아기였을 때 살았던 집이었기 때문이다.

사실 새미 머릿속에 그 집에 대한 기억은 없다. 아기였을 때 그 집에서 찍었던 사진을 앨범 속에서 본 것뿐이다.

그 집은 도서관 가는 쪽 산 아랫동네에 있는 맨 끝 집이다.

그 동네 집들은 아담한 정원과 낮은 담장, 그 담장 밑으로 앙증맞은 데이지 꽃이나 보라색 별꽃이 줄지어 심어져 있는 동화 속에 나올 법한 집들이다. 새미네가 살았던 그 집도 오래되어 낡긴 했지만 아담한 정원과 2층 다락방이 있는 독특한 집이다.

그런데 어느 날 문득, 새미는 세모 집 앞을 지나면서 이상한 것을 발견했다.

"정말 이상해. 조금씩 변하고 있다니까!"

그렇다고 공사를 하는 것도 아니었다. 일부러 그러는 것처럼 눈에 띄지 않게, 아주 야금야금, 조금씩, 몰래몰래 변하고 있었다.

예를 들면 벽에 새로 칠을 한 것처럼 색깔이 달라졌거나, 갈색 창문틀이 흰빛으로 바뀌었거나, 분명 꽃이 없던 정원에 붉은 베고니아가 심어져 있었다. 또 정원에 못 보던 고양이 청동상이 놓여있기도 했다.

사실 집이 조금씩 바뀌는 것은 결코 이상한 일이 아니다. 하지만 아무도 살고 있지 않다고 생각하는 집이 날마다 움직이듯 바꾸니까 이상할 수밖에 없다. 모든 문은 꽁꽁 닫혀있고 커튼은 항상 내려져 있다.

'분명 빈집이다. 그런데 어째서 조금씩 달라지고 있는 것일까?'

새미는 의아했다.

'밤마다 귀신이 집수리하는 것일까? 아니면 투명 인간?'

'어쩌면 마술 달팽이가 느릿느릿 집 단장을 하고 있는 건지도 몰라.'

새미는 그 집 앞을 지날 때마다 혼자 재미있는 상상을 하곤 했다.

'어쩌면 내가 안 보는 사이에 누군가가 집을 고치고 있는지도 몰라. 솔직히 내가 24시간 동안 그 집을 지켜본 적은 없잖아?'

새미는 일기장에 이 집의 이상한 점들을 낙서처럼 써놓곤 했다. 새미가 이런 내용을 일기장에 적어놓은 것은 아마도 이 집에서 이해할 수 없는 일이 일어날 것을 예감한 것인지도 모른다.

사람 모습은 한 번도 본 적이 없고……, 다만 아주 조금씩 무언가가 달라지는 집.

어느 순간 그 집에 대한 궁금증이 일기 시작했고, 그것은 자신을 잡아 끌어당기는 강력한 호기심이었다.

○○○○년 ○월 ○일 ○요일

두 그림 중에 달라진 것은 무엇인가?

좌측과 우측의 그림은 똑같은 정원의 모습이다

그런데 좌측 그림에 없는 꽃삽이 우측그림에서는 정원 꽃밭에 숨어있다.

좌측 대문에는 우체통이 없는데 우측 그림엔 우체통이 붙어있다.

POST

그래서 어느 날, 아주 유치한 짓을 하기 시작했다. 그것은 어릴 때 장난으로 했던, 즉 남의 집 담장 안으로 쪽지를 집어던지는 일이다. 그것은 솔직히 단순한 장난이었다.

이 집은 유령이 지은 집이다. 이 집엔 유령이 살고 있다.

다음 날도 지나가면서 쪽지를 휙 던졌다.

이 집은 밤마다 유령들이 꽃과 나무를 가꾸고 있다.

그다음 날도 쪽지를 준비해 갔다. 누가 있나 없나 확인한 뒤 얼른 담장 너머로 쪽지를 던졌다. 이번엔 좀 장난기 있게 쓴 쪽지 편지였다.

거기 누구 있소까? 있으면 대답해 보슈라?
나 심심하당께롱. 이 바보야. 너도 심심하지?

쪽지를 던지고 킬킬대며 혼자 몇 걸음 도망을 쳤다. 뛰면서 뒤를 돌아보았지만 아무도 따라오지 않았다. 언제였지? 새미는 오래된 기억 하나가 스치듯 지나갔다.

몇 살이었는지는 기억할 수 없지만 아마 다섯 살? 어쩌면 여섯 살? 확실히 기억하는 건 글을 읽기 전이었다는 것뿐!

사촌들 중에서 제일 막내였던 새미는 시골 외갓집에서 사촌 언니 오빠들을 따라다니며 빈집에 이상한 쪽지를 던져놓고 도망 다니는 놀이를 좋아했다. 그때 글을 쓸 줄 몰랐던 새미는 이상한 암호를 그려 넣은 뒤 사촌들을 따라 함께 장난을 쳤다. 그런데 그 일이 잊을 수 없을 만큼 재미있었다. 또 언젠가는 낡고 삐걱거리는 허술한 나무다리에서 주머니에 있던 흰 쪽지를 물속으로 던져버린 적이 있다. 마치 대단한 의식을 치르는 듯이.

"너에게 보내는 편지야!"

그때 새미가 던진 흰 종이는 낡은 나무다리 아래 냇물로 아득하게 떨어져 종이배처럼 흘러가고 있었다.

"꼬맹이 때 하던 짓을 여전히 하고 있다니."

새미는 혼자 피식 웃었다.

그런데 참 신기한 일이 벌어졌다. 쪽지를 보낸 그다음 날 그 집 앞을 지나가다 이제껏 보지 못했던 빨간 우체통을 보게 되었

다. 우체통 입 밖으로는 노란 편지가 삐죽이 나와 있었는데 그것
은 편지를 가져가라는 강렬한 신호였다. 새미는 주변을 한번 살
핀 뒤 그 편지를 슬쩍 훔쳐 주머니에 넣었다. 그리고 산 밑 공원
벤치에 앉아 편지를 펴보았다.

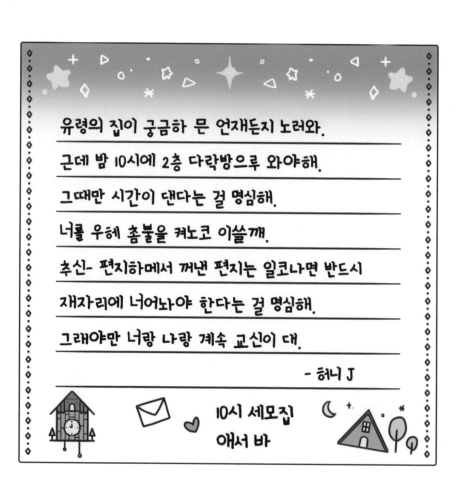

유령의 집이 궁금하 믄 언재든지 노려와.

근데 밤 10시에 2층 다락방으루 와야해.

그때만 시간이 댄다는 걸 명심해.

너를 우해 촘불울 켜노코 이쓸깨.

추신- 편지하메서 꺼낸 편지는 일코나면 반드시

재자리에 너어노아야 한다는 걸 명심해.

그래야만 너랑 나랑 계속 교신이 대.

- 허니 J

10시 세모집
애서 바

맞춤법과 띄어쓰기가 엉망인 편지였다. 하지만 그 편지는 분명 새미가 던진 쪽지에 대한 답장이었다. 허니제이라는 이름도 새미 눈길을 사로잡았다. 누가 이 편지를 썼을까? 아무도 살고 있지 않은 줄 알았는데? 그렇다면 누군가 살고 있다는 것인가?

진짜 유령의 집이 아닐까? 아니면 지나가던 꼬마가 장난을 친 것일까?

'그런데 왜 이전에는 없었던 빨간 우체통이 있는 걸까?'

질문에 대한 답이 저절로 떠올랐다.

'빨간 우체통은 이 집의 누군가가 만들어 놓은 것임에 틀림없어. 그러니까 지나가던 사람이나 아이가 장난한 것은 아니야. 맞아! 이 편지를 전해주기 위해 빨간 우체통을 급히 만들어 단 것이 아닐까?'

새미는 그런 확신이 들면서 호기심에 가슴까지 두근거렸다.

"그래. 절대 장난은 아닌 것 같아. 이 집엔 누군가가 살고 있어. 밤 10시에 유령의 집에 가볼까? 안 돼! 너무 무서워."

새미는 갑자기 몸이 오슬오슬해졌다.

하지만 부풀어 오르는 호기심을 누를 수가 없었다.

그때 친구들 얼굴이 떠올랐다.

"그래, 친구들과 함께라면 못 할 게 없어. 읽은 편지는 다시 넣어 놔야 한다고 했으니까 답장과 함께 넣어 놔야겠다."

새미는 다시 답장을 썼다.

정말 가도 돼?
하지만 난 널 믿을 수가 없어.
그래서 하는 말인데 내 친구들과 함께 가겠어.

새미는 읽은 편지와 함께 답장을 적은 종이를 우체통에 넣었다. 그날 밤 새미는 밤 10시에 몰래 그 집 앞을 가보았다.

그 집은 여전히 빈집인 듯 어두컴컴했고 2층 다락방만 희미한 불빛이 어른거렸다.

'사람이 살긴 사는 모양이야.'

그런데 다음 날 그 집 앞을 가보니 우체통에 또 답장이 꽂혀있었다.

으심을 하다니, 어이업꾼.
기분은 나쁘지만 너 칭구들과 오도록 허락할 깨.

허지만 니 칭구들이 이 집에 드러올쑤 잇쓸지는 그 아이들에게 딸렷어.
하긴 요즘 새상이 워낙 므서우니까 이해해. 넌 참 똑똑하구나.

-허니 J

도대체 이 편지를 갖다 놓는 사람이 누군지 몰래카메라라도
달아보고픈 심정이었다.

"그래, 가보는 거야! 이 세상에 유령의 집이 어디 있어? 그건
내 상상이잖아."

2. 허니를 만나러

"그 말이 사실이야?"

"그렇다니까."

"너 뻥치는 거 아니지?"

친구들은 모두 믿을 수 없다는

표정이었다.

"혹시 아이들을 꼬드겨서 나쁜

짓 하는 아저씨가 사는 건 아닐까."

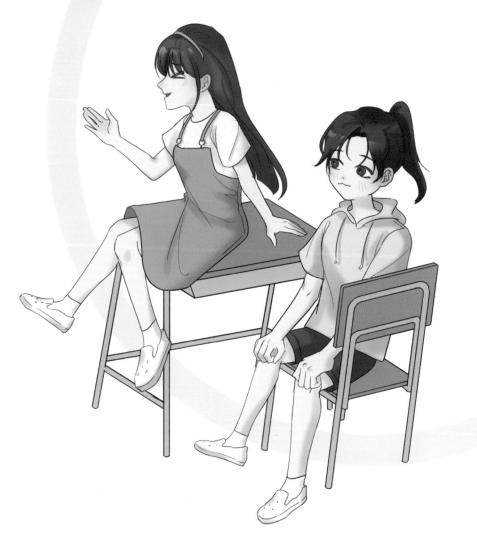

꼼꼼하고 의심 많기로 유명한 설주가 눈을 가늘게 뜨고 말했
다. 그러자 봄비도 맞장구를 쳤다.

"맞아. 일부러 맞춤법 틀려서 어린애인 척하려는지도 몰라."

설주는 여전히 경계심을 풀지 않은 채 말했다.

"함부로 가면 안 돼. 그러다 큰일 날 수도 있어. 우리 언니가 그러는데 아이들을 속이는 나쁜 어른들이 정말 많대."

설주는 또 언니 얘기를 꺼냈다. 설주는 중학생인 언니와 사이가 좋다. 그래서 말끝마다 언니 이야기를 많이 한다. 특히 언니한테 들은 이야기를 그대로 친구들한테 전하는 것은 설주의 특기다. 그럴 때마다 새미는 슬그머니 샘도 나고 부럽기도 했다.

"우리 언니가 며칠 전에 영화 본 거 이야기해 줬는데……. 어느 날 어여쁜 소녀가 학교에서 집으로 돌아오는 길에 사라졌는데 알고 보니 범인은 옆집 아저씨였대. 범인은 호기심 끄는 미니어처 세상을 만들어놓고 소녀를 꼬드겨 끌어들인 뒤 범죄를 저질렀대. 어휴 무서워."

아니나 다를까 설주가 또 언니가 해준 이야기를 꺼냈다.

갑자기 무서운 상상이 머릿속을 휩쓸었다. 하지만 새미는 무서움보다는 호기심이 더 많이 발동했다.

"그래도 궁금해. 우리 함께 가면 무서울 거 없잖아. 그리고 그 집은 예전에 우리 엄마 아빠가 살았던 집이야."

"그게 정말이야? 그럼, 너도 그 집을 훤히 잘 알겠네."

새미만큼이나 호기심 많은 봄비가 물었다.

"내가 아주 어렸을 때 살았던 집이야. 하지만 기억은 안 나. 그러다 지금 아파트로 이사를 왔고. 그러니까 아주 오래전 십 년 전쯤 살았던 집이지."

"그렇구나. 그럼, 이상한 일은 벌어지지 않을 것 같아."

봄비가 마음을 놓으며 말했다. 그러나 설주는 여전히 조목조목 따져 물었다.

"근데 밤 10시에 초대를 하는 것도 수상해. 걔는 부모님께 허락을 맡은 걸까? 10시면 자야 할 시간인데……, 정말 유령의 집 같아."

그러자 봄비가 눈을 동그랗게 뜨고 말했다.

"아이들은 밤에 모이는 걸 좋아하잖아. 우리도 재밌는 잠옷 파티를 하기 위해 주로 밤에 모이잖아. 그 아이도 어쩌면 우리를 불러 잠옷 파티를 하고 싶은 건지도 몰라."

그 말에 설주가 제안 한 가지를 했다.

"그럼 이렇게 하자. 새미 너랑 봄비 둘만 들어가고 난 문밖에서 지키고 있을게. 만일 나쁜 사람이 아닌 거 같으면 나를 불러. 들어간 지 한참 됐는데 너희들에게 연락이 없으면 그땐 내가 경

찰에 신고할게."

"그래. 좋은 생각이야."

봄비가 손뼉을 쳤다.

그런데 밤에 나가는 걸 어른들이 허락할까도 문제였다.

"숙제 때문에 우리 셋이 잠깐 만난다고 하면 돼."

봄비가 아이디어를 냈다.

"그거 좋은 생각이다. 숙제를 깜빡해서 새미네 집 앞 공원에서 만나기로 했다고 하자."

설주도 찬성했다.

"좋았어! 그럼 오늘 밤 유령의 집에 가기로 한 거다. 그럼 이따 동네 공원에서 9시 30분에 만나. 땅땅땅!"

새미가 주먹으로 책상을 꽝꽝꽝 두들겼다.

드디어 9시 30분이 다가오고 있었다. 새미는 엄마 아빠에게 거짓말을 했다.

"잠깐 나갔다 올게요. 숙제를 깜빡하는 바람에 집 앞에서 친구를 만나기로 했어요."

"이 늦은 밤에 어딜 나간다는 거야?"

아빠가 꾸짖듯이 말했다.

"숙제 때문에 그래요."

"그럼 아빠랑 같이 나가자."

"그건 안 돼요!"

새미는 저도 모르게 소리를 질렀다. 엄마는 이상한 눈으로 새미를 바라보았다.

"너희들, 밤에 모여 무슨 숙제를 한다는 건데?"

"그런 게 있다니까요! 얼른 나갔다 올게요. 어쩌면 집 앞 공원에서 수다를 조금 떨다 올지도 몰라요."

"아휴, 겁도 없다니까! 요즘 밤에 나가는 일이 얼마나 위험한지 모르니? 날마다 사건의 연속이야."

엄마 걱정에도 상관 않고 새미는 밖으로 나왔다.

"휴-."

요즘 뉴스마다 끔찍한 사건투성이였다. 하지만 새미는 친구들과 함께하니 무서울 게 없었다. 두근거리는 가슴을 안고 아파트 앞 공원으로 갔다.

'어떤 집일까? 그 안에는 어떤 사람들이 살고 있을까? 허니제이라는 아이는 몇 살일까? 설마 유령의 집은 아니겠지? 그래. 그

집은 우리 엄마 아빠가 살았던 집이잖아.'

새미는 그 집엘 들어가 볼 수 있다는 사실만으로도 가슴이 두근거렸다. 기억나지는 않지만 새미가 어렸을 때 살았던 집, 가족의 추억이 묻어있는 집.

'어쩌면 멋진 촛대 위에 따뜻한 불이 켜져 있는 아름다운 집일지도 몰라. 그곳엔 인자한 부모님과 주름이 고운 할머니 할아버지 그리고 마음씨 착하고 예쁜 내 또래의 친구 허니제이가 있을지도 몰라.'

그런 생각에 이르자 갑자기 마음이 평온해지면서 초대받은 행복감마저 몰려왔다. 그런데 10분이 지나 9시 40분인데도 친구들은 오지 않았다.

"왜 안 오지?"

잠시 후 봄비에게서 문자가 왔다.

'새미야 미안해. 갑자기 배가 아파서 못 나가겠어.
설주랑 잘 다녀와. 꼭 가려고 했는데.'

이번에는 설주에게서도 문자가 왔다.

'새미야, 아무리 생각해도 어른들께
말씀도 안 드리고 나가는 건 잘못된
행동 같아. 우리 언니가 그러는데
우리 동네에도 성범죄자가 두 명이나
살고 있는 것이 인터넷에서 확인됐대.
이 일은 좀 더 생각해 보고 했으면 좋겠어.
위험하니까.'

새미야......
갑자기 배가 아파......

새미야......
아무리 생각해도......

새미는 갑자기 맥이 확 풀렸다.

"의리 없는 것들!"

새미는 여기서 그만두고 싶은 생각이 없었다. 아니, 강력한 호기심이 더욱 새미를 끌어당길 뿐이었다.

"할 수 없지. 나 혼자라도 갈 테야."

새미는 유령의 집을 향해 뚜벅뚜벅 걷기 시작했다.

'무슨 이름이 허니제이야? 닉네임인가. 달콤한 벌꿀 같은 아이라니 유령은 아닐 거야.'

드디어 그 집 앞에 도착을 했다. 핸드폰 시계를 보니 3분 전 10시였다. 전날 미리 와서 살펴봤던 것처럼 집은 어두컴컴했고 2층 다락방만 희미한 불빛이 아른거렸다. 새미는 벨을 누르려다 멈칫하며 크게 심호흡을 했다. 그리고 남은 3분을 마저 기다렸다. 핸드폰 시계가 정확히 10시를 가리킬 때 가슴께까지 오는 은색 철제 대문에서 '철커덩'하는 소리가 들렸다.

"어휴, 깜짝이야!"

안에서 자동 열림 장치로 문을 열어준 것 같았다. 살그머니 밀어 보니 문이 열렸다.

"10시에 와야만 한다더니 문도 정확히 10시에 열리네."

새미는 마당으로 들어가 현관 앞으로 올라섰다. 현관문은 조금 열려있었다. 허니제이라는 아이가 뭔가 치밀하게 준비한 듯한 느낌이 들었다. 새미는 자신이 예의 바른 아이라는 것을 드러낼 생각으로 노크를 했다.

"똑똑똑!"

아무 기척이 없었다.

'문을 열어놓은 것을 보니 들어오라는 표시야.'

새미는 깊은숨을 내쉬고는 안으로 들어갔다. 안은 휑하기만 할 뿐 온기가 전혀 없었다. 거실에는 푸른색의 희미한 등이 켜있어 희뿌연 데다 몹시 차가운 느낌이었다.

현관에서 정면으로 보이는 곳에는 하얀색의 뻐꾸기시계가 푸른 조명 빛을 받아 석고처럼 차가운 느낌이었다.

"누구 안 계세요?"

새미는 2층 계단으로 향했다. 무섭기도 했지만, 예전 엄마 아빠가 살았던 집이라는 생각에 친근함도 생겼다. 새미가 인기척을 냈지만 2층에선 여전히 조용했다. 고요함이 문득 두려움으로 변해 온몸을 휘감았다. 새미는 순간 자신의 손가락이 차가워지면서 몸이 뻣뻣해지는 것을 느꼈다.

'내가 여길 왜 온 거야.'

입에서는 달그락달그락 이빨 부딪치는 소리도 나기 시작했다.

둥그렇게 말아 올라간 계단 난간을 붙잡고 조심조심 발을 내디디는데 오를수록 계단은 좁고 가팔랐다. 계단을 다 오르자 작은 세모 공간의 천장이 낮은 실내가 나왔고 은은한 촛대의 불빛이 보였다. 그 앞에는 어른인지 아이인지 구분이 안 되는 여자가 앉아 있었다. 새미는 두려웠던 마음이 조금 녹아내리면서 순간 어떻게 인사를 해야 할지 망설였다. '안녕'이라고 해야 할지 '안녕하세요'라고 해야 할지.

"어서 오렴."

상대방이 먼저 인사를 건넸는데 역시 아이의 목소리였다. 새미는 그제야 '휴우' 하고 마음을 놓았다.

3. 시간이 멈춘 곳

"아, 안녕…… 하세요."

새미가 존댓말로 인사를 한 건, 어쩐지 자신보다 언니로 보였기 때문이다.

"말을 놓아도 돼. 난 60세지만 12살이기도 하니까. 너 앞에서는 12살이라고 하는 게 낫겠어."

전혀 알 수 없는 말이었다.

"난 12살 때 죽은 거나 다름없거든. 지금까지 살아있었다면 아마 60세가 맞겠지."

그 순간 새미는 머리카락이 쭈뼛 솟고 양팔에 소름이 쫙 끼쳤다.

'유, 유, 유령이다!'

갑자기 다리에 힘이 풀리면서 새미는 그 자리에 털퍼덕 주저 앉고 말았다.

"제발 날 무서워하지 말아 줘. 너와 똑같은 친구로 대해주면 좋겠어."

분명 아이의 목소리였다.

"네."

새미는 입을 꼭 다물어 이빨 부딪치는 소리를 숨겼다. 몸이 가 늘게 떨려오는 것을 느껴 두 손으로 자신의 팔을 감싸 안았다.

"네, 라고 하지도 말아 줘. 친구끼리는 응이라고 하지 않니?"

새미 마음이 조금씩 편안해졌다.

"네……, 아니 응! 그, 그럼 네가 바로 내 편지에 답장을 했던 허니……제이?"

"으응. 맞아. 크크크. 제이는 빼도 돼. 그냥 허니라고 불러. 그 게 쉽겠지."

허니는 양 갈래로 길게 땋아 내린 머리를 양손으로 잡아당기 며 조금 수줍게 웃었다. 그 행동은 기분이 좋아 그러는 것으로 보여 새미도 마음이 놓였다. 자신의 양 갈래머리를 잡아당기는 것은 습관인 것 같았다.

어렵게 첫인사를 나누고 나니, 희미한 촛불 아래 비로소 허니의 모습이 하나씩 들어오기 시작했다.

"여기 앉아."

허니가 아주 작은 나무의자를 내밀었다.

인디언 소녀처럼 양 갈래로 땋은 머리.

까맣고 동그란 눈에 조금 튀어나온 입.

고르지 않아 보이는 치아와 유난히 커다란 앞니.

분명 손뜨개로 뜬 것 같은 분홍색 망토에

무릎 아래까지 내려오는 체크무늬 빨간 치마를 입었다.

앉아 있어 키는 잘 모르지만, 어른인 듯 아이인 듯 헷갈렸다.

"궁금한 것이 있어. 이 집엔 왜 너 혼자뿐이지?"

새미가 물었다.

"지금은 내가 주인이야. 이 집은 그동안 내가 조금씩 단장을 하고 있었어."

"너 같은 어린애가 집 단장을 하고 있다고?"

"그게 이상해?"

"아니……. 그런데 왜 이 집에는 사람이 보이지 않았지? 이 집 앞을 자주 지나다녔지만, 이곳에서 일하는 인부들을 본 적은 없어. 예를 들면 페인트칠하는 아저씨라던가……."

"내가 하고 있으니까. 내가 이 집을 꾸미고 있는 중이야."

"믿을 수 없어. 넌 요술쟁이니? 겨우 12살이라면서 어떻게 집 수리를 하고 집을 꾸며?"

"내 꿈이었으니까. 난 이 집을 통해 꿈을 이뤄야 하거든."

"꿈을 이룬다고? 그게 무슨 꿈인데?"

"누군가를 초대해 파티를 열 거야. 그 파티는 내게 꼭 필요한 파티고 내가 이곳까지 와야 했던 이유이기도 해. 그래서 손님맞이 집 단장을 혼자 해왔던 거야. 아, 사실 기다리는 시간이 지루하기도 했어."

"그게 무슨 소리지?"

"그걸 지금 알려줄 수는 없어. 어쨌든 나는 이곳에서 해야 할 일이 있거든."

허니는 조금 슬픈 듯한 표정을 지었다.

'어른인지 아이인지 모를 저 허니는 혹시 어릴 때 죽은 혼령이 아닐까?'

새미가 그런 생각을 하고 있을 때 갑자기 아래층에서 뻐꾸기 시계가 요란하게 울렸다. 마치 깊은 숲속에서 울려 퍼지는 듯 울림이 큰 소리였다.

"스위스제 뻐꾸기시계란다. 아주 유명하지. 저 시계가 울리는 이상, 나는 이곳에서 내 전생의 일을 기억할 수 있지. 내겐 매우 소중한 시계야."

"전생이라니? 그게 뭐지?"

"이 세상에 오기 전의 세상을 말하는 거야. 저 너머 세상."

새미는 무슨 말인지 알 수 없어 고개를 갸웃거렸다. 그러다 문득 좀 전에 울렸던 시간이 궁금해졌다.

"앗, 근데 지금 몇 시인 거니? 나는 10시에 너희 집 문을 열고 들어왔는데."

새미가 핸드폰을 꺼내 시간을 확인하려 하자 허니가 말했다.

"이곳 시간은 신경 쓰지 마. 너희 집 시계와는 다르니까. 저 시계가 존재하는 이유는 저 너머 세상과의 교신을 위해서야. 자명종이나 메트로놈 기구도 교신에 쓰이는데 뭐니 뭐니 해도 스위

38

스제 뻐꾸기시계가 최고지.”

“그게 무슨 소리야. 혹시 12시가 된 거니?”

새미는 얼른 핸드폰을 꺼내 시간을 확인했다. 하지만 이상했다. 핸드폰이 꺼져있었다.

“이상하다. 핸드폰이 왜 꺼졌지?”

새미는 이곳에 온 지 오랜 시간이 흐른 것 같았다.

“이곳에서는 기계가 작동이 안 돼. 전화 송수신도 안 잡힐 거야. 그리고 저 시계가 몇 번 울렸는지는 신경 쓰지 않아도 돼. 저 시계가 울리고 있다는 사실만이 중요한 거야.”

“시간이 많이 흐른 거니? 그렇다면 우리 엄마 아빠가 무척 걱정하실 텐데.”

순간 새미는 마음이 조급해졌다.

“아! 큰일 났어. 난 돌아가야 해. 미안하지만 다시 또 초대해 줘.”

새미는 다락방 계단을 후다닥 내려갔다. 그때 뒤에서 허니가 간곡한 목소리로 부르는 소리가 들렸다.

“아니야! 그게 아니라고!”

새미는 못 들은 척 재빨리 현관문을 박차고 밖으로 나와 버렸다.

"휴우-."

새미는 습관적으로 또 핸드폰을 열어 시간을 확인했다. 꺼져 있던 핸드폰은 다시 켜져 있었고 시간은 그 집에 들어가기 전이었던 10시 그대로였다. 2층 다락방을 올려다보니 여전히 촛불이 아른거리는 창이 눈에 들어왔다.

"이상해. 시간이 조금도 흐르지 않았어. 아까 그 시간 그대로야. 무언가에 홀린 것 같아."

새미는 머리가 어지러웠다. 어쩌면 핸드폰이 고장이 난 것인지도 모른다고 생각했다. 새미는 집을 향해 쏜살같이 달렸다. 집 안 거실로 들어가자 강아지 몽몽이가 반갑게 달려들었다. 그리고 엄마 아빠는 아직도 '당신만을 사랑해' 연속극을 시청하고 있었다.

"친구들 만난다더니 금방 왔네? 그래 밤늦게 아이들끼리 몰려 있는 건 아주 위험한 일이야."

엄마는 다행이라는 듯 다시 텔레비전 화면으로 눈을 돌렸다. 새미는 벽시계와 자신의 핸드폰 시계를 비교해 보았다. 시간은 똑같이 10시 20분이었다. 허니제이네 집 대문 앞에서 집까지 달려오는데 20분이 걸린 것이다.

'이게 뭐지? 내가 겪은 조금 전의 일은 대체 뭐냐고?'

자신은 분명 9시 30분에 친구를 만나러 집 앞 공원으로 나갔고 9시 40분에 못 온다는 친구들의 문자를 받았다. 3분 전 10시에 그 집에 도착하여 정각 10시에 유령의 집 안으로 들어갔다. 유령의 집에서는 뻐꾸기시계가 요란하게 울렸고 허니와 이야기를 나누고 밖으로 나왔을 때는 그대로 10시였다. 시간은 조금도 흐르지 않았다. 결국, 유령의 집 시간은 이곳과는 다르다는 말인가. 아니면 정지된 시간인가?

4. 언니의 백과사전

"너 지금 거짓말하는 거지?"

봄비는 영 믿기지 않는다는 듯한 표정이었다.

"내가 왜 거짓말을 하겠어."

새미는 약간 넋 나간 표정으로 이야기했다. 사실 자신도 어젯밤 겪은 일에 대해 정확히 뭐라 말할 수 없었기 때문이다. 하지만 꿈이 아닌 것만은 확실했다. 그러자 설주가 말을 이었다.

"이 세상엔 믿기지 않는 일들이 존재하는 건 사실이야."

"그럼, 오늘 다시 가보자. 대신 너무 늦은 밤이 아닌 낮에 가보면 어떨까?"

봄비가 말했다. 그 말에 설주도 손뼉을 치며 맞장구를 쳤다.

"그래, 그래! 그럼 학교 끝나고 환할 때 우리 다 같이 그 집엘 가보자."

약속해 놓고 나니 공부 시간이 무척이나 지루했다. 셋은 서로 눈빛 교환을 하며 공부가 끝나기만을 기다렸다.

드디어 학교 공부가 끝나고 새미는 친구들을 데리고 그 집으로 향했다.

"저기 보이는 저 집이야."

어젯밤의 그 집이라고는 믿어지지 않을 만큼 집은 평범하게 느껴졌다. 마치 어제 일은 잠시 꿈을 꾼 게 아니었을까 새미는 머쓱해지기까지 했다.

"집이 조금 독특하긴 하지만 그래도 평범해 보이는데, 저런 집에서 그런 일이 벌어진다는 게 믿어지지 않아. 지금도 저 다락방엔 인디언 소녀가 정말 있을까?"

봄비가 수다스럽게 떠들었다. 새미는 우선 빨간 우체통을 열어보았다. 속에는 아무런 편지가 없었다. 집은 여전히 아무도 없는 듯이 보였다. 정원에는 이제 막 심어놓은 듯한 메마르고 가냘픈 어린 벚나무 묘목이 보였다. 잘 다듬어진 주목나무 세 그루도 나란히 서 있었다. 가냘픈 벚나무 가지 위에 진초록 깃털의 새 한 마리가 앉아 있었다. 새는 우두커니 먼 곳을 바라보다 새미에게로 눈을 돌렸다. 그 순간 새미는 온몸에 '찌릿' 전류가 흐르는 것을 느꼈다.

새미는 벨을 눌렀다. 그런데 벨이 눌리지 않았다.

"전기 연결이 아직 안 되었나 봐."

이번엔 대문을 마구 두드렸다.

친구와 함께 있는 데다 환한 대낮이니

무서울 게 없었다.

대문은 꽉 잠겨있었고,

아무도 없는 듯 조용했다.

"너 거짓말한 거 아니야?"

"맞아. 새미는 좀 엉뚱한 구석이 있잖아. 사차원 소녀 같은……."

"아니라니깐. 어젯밤 나는 분명히 이 집엘 왔었다고. 이 집 다락방에서 나는 12살짜리 허니제이라는 아이를 만났다니까."

"너 혹시 몽유병 아니니?"

설주가 두 팔을 앞으로 뻗더니 맹한 눈으로 몽유병 환자 흉내를 냈다. 봄비가 낄낄대며 웃었다. 그때 문득 새미는 중요한 사실을 깨달았다.

"아, 맞다! 그 아이가 그랬어. 밤 10시에만 된다고! 그 사실을 명심하라고 했거든."

"근데 왜 하필 밤 10시일까. 그럼 결국 이따 밤에 다시 오는 수밖에 없네."

그날 밤 아이들은 다시 공원으로 모였다. 그리고 씩씩하게 세모 집을 향해 걸었다. 그 집의 문은 굳건히 닫혀있었다. 새미가 다락방을 올려다보니 다락방 창문으로는 여전히 촛불의 그림자가 아롱대고 있었다.

"저 위를 좀 봐. 바로 저 방이야. 근데 벨도 안 되고 문은 닫혀

있고 어떻게 하지?"

아이들이 모두 다락방 창문을 보았다. 그때였다. 방 안에서 커튼이 젖혀지고 창문을 여는 한 아이의 모습이 보였다. 분명 양 갈래머리를 한 허니의 모습이었다. 창문을 연 허니는 새미가 있는 쪽을 주시하는 듯했다.

"바로 저 아이야."

새미가 손가락으로 허니를 가리키며 소리쳤다. 그러자 친구들 입에서는 일제히 낮은 탄성이 흘러나왔고 다락방 창문 앞에 서 있는 소녀에게 시선이 쏠렸다. 그 순간……, 힐끗 이쪽을 바라보던 그 소녀는 당황한 듯 황급히 창문을 닫고 커튼을 '획-' 닫아버렸다. 그리고 곧바로 방의 촛불마저 꺼져버렸다.

소녀를 향해 무언가 말을 하려던 새미는 닭 쫓던 개 지붕 쳐다보듯 멍해지고 말았다. 너무나 짧은 순간 일어난 일이었다.

"새미 말대로야. 양 갈래로 머리를 땋은 아이. 난 분명히 봤어."

"나도 봤어. 새미 말은 거짓말이 아니었어."

아이들이 저마다 한마디씩 던졌다.

소녀를 본 아이들의 느낌은 '기묘함' 그 자체였다.

"내 말이 거짓말이 아니지? 그런데 진짜 이상하지 않니? 왜 우리가 다 함께 오니까 저렇게 숨어버리듯 문을 닫고 불을 끈 것일까."

새미 물음에 봄비가 말했다.

"성격이 좀 이상한 아이 아닐까? 낯도 많이 가리고 친구 사귀기를 꺼리는……. 그런 성격이라면 낯선 우리를 보고 놀랄 수도 있을 거야."

"그럴까? 그런데 난 좀 이상했어."

설주가 코를 만지작거리며 말했다.

"어두워서 잘 보진 못했지만 나는 그 애를 보는 순간 마치 귀신을 본 듯 소름이 쫙 끼치고 머리가 쭈뼛 섰어."

"어머! 나도 그랬어. 내 팔 좀 만져봐. 완전 닭살 됐어."

봄비가 두 팔로 자기 자신을 감싸며 목을 잔뜩 움츠렸다.

"너희들, 귀신인지 아닌지 어떻게 구분하는지 알아?"

설주가 눈에 빛을 내며 질문을 던졌다.

"뭔데? 어떻게 구분하는데?"

봄비가 눈을 반짝이며 답을 재촉했다.

"귀신은 만지면 차갑대."

"네가 그걸 어떻게 아니?"

봄비가 묻자 설주는 또 언니 이야기를 꺼냈다.

"우리 언니가 그랬어."

그 말에 새미는 날카롭게 대꾸했다.

"넌 맨날 너네 언니밖에 모르냐? 너네 언니가 한 말은 다 맞는다고 누가 그래?"

새미가 입을 삐죽였다.

"우리 언니 책상에 『귀신에 대한 백과사전』이라는 책이 있길래 내가 물었어. 그랬더니 귀신은 만지면 차갑다는 얘길 해주었어."

그때 어둠 속에서 누군가 설주 이름을 부르며 나타났다. 설주네 언니 효주였다. 효주 언니는 중학생인데 걸그룹처럼 예쁘고 몸도 날씬한 데다 옷 입는 것도 세련됐다. 게다가 '학교짱'으로 유명하다.

"언니-."

설주가 언니를 보자마자 어리광 섞인 목소리를 내며 살갑게 팔짱을 꼈다.

"설주야, 밤에 나가면 안 된다고 했지? 너희들 수상해. 도대체 이 밤에 왜 모여 있는 거지?"

효주 언니가 세 사람을 번갈아 보며 물었다.

"언니, 우린 그냥……. 저기 저 집 다락방에서 우리끼리 잠옷 파티를 하면 얼마나 재밌을까 그런 얘기를 하고 있었어."

새미가 얼버무렸다. 그러자 설주가 끼어들었다.

"언니, 사실은……, 저 집에 유령이 살고 있는 것 같아서 가보려고 모였어. 근데 진짜 귀신이 있어? 없어?"

"내가 분명히 말하는데 이 세상에 귀신이 있냐, 없냐는 각자의 생각에 달려있어. 귀신이 있다고 생각하는 사람에겐 귀신이 있고, 없다고 믿는 사람에겐 귀신은 없지. 다만 귀신의 존재를 믿는 사람들은 상대가 귀신인지 아닌지 알기 위해 만져보면 돼. 너희들 중에 귀신을 만져 볼 용기가 있는 아이가 있니? 아무도 없잖니?"

그러자 설주가 새미를 뚫어지게 바라보았다. 그건 '귀신을 만질만한 아이는 우리 중에 바로 너뿐이야.' 하는 눈초리였다.

효주 언니가 이어서 말했다.

"그리고 또 한 가지! 귀신은 불면증 환자야. 저 집에 진짜 유령이 있는지 없는지는 알 수 없지만 만일 저 집의 유령이 한밤중에 너희들을 불렀다면 바로 불면증 환자라는 것이고 귀신이라는 증

거지. 귀신을 만나러 갈 용기가 있으면 너희들 가는 거고! 용기가 없다면 가만히 찌그러져 있어."

"으악! 언니, 그만해! 무서워."

봄비가 곁에 있던 새미 팔짱을 끼며 말했다. 귀신은 차갑고 불면증 환자라는 말에 으스스해져 새미도 효주 언니 곁으로 붙고 싶었다. 그런데 이상하게 용기가 안 났다.

"설주야, 빨리 가자. 너희들, 귀신 만나러 가는 데에 우리 설주는 다시는 불러내지 마. 알겠니? 안녕."

효주 언니가 설주를 데리고 가면서 손을 흔들었다. 새미도 봄비와 함께 설주와는 반대 방향으로 걸으며 속삭였다.

"저 언니, 진짜 재밌지? 얼굴도 예쁘고. 설주랑 둘이 사이가 엄청 좋은가 봐. 다른 애들은 언니랑 맨날 싸운다던데."

새미가 부러운 듯 말했다. 어쩌다 효주 언니를 만나면 왠지 즐거워졌다.

"효주 언니가 설주한테 되게 잘해주잖아. 게다가 효주 언니는 이 동네에서 좀 유명하잖아. 그런 언니가 자랑스럽겠지."

설주는 어릴 때 엄마가 돌아가셔서 할머니와 함께 사는데 언니를 많이 의지한다고 했다. 네 살 터울의 언니는 설주를 많이 아끼는 것 같았다. 설주는 언니 덕분에 또래들보다 모든 면에서 빨랐다. 패션 감각도 앞서고, 연예인에 대한 정보며, 유행하는 음악, 또 십 대들 사이에 유행하는 은어까지도…….

"나도 설주처럼 언니가 있었으면 좋겠어."

새미가 말했다. 그러자 봄비도 중얼거렸다.

"나도 언니가 있었으면 좋겠어. 오빠는 진짜 싫어! 차라리 너처럼 외동이 낫다니까."

봄비는 오빠 때문에 짜증 난다는 소릴 자주 했다. 퉁명스럽고, 말도 안 통하고 맨날 봄비에게 심부름만 시키고 소리만 지른다고 했다.

"우리 오빠 요즘 사춘긴가 봐. 반항심 완전 쩔어."

'쩐다'는 말은 '굉장하다'는 말이었다.

"툭하면 엄마한테 소리 버럭 지르고 제 방에 처박혀 게임만 한다니까. 내가 무슨 말만 하면 무조건 트집이야. 꼴 보기 싫어 죽겠어."

봄비는 또 오빠 욕을 해댔다. 화장실도 지저분하게 쓰고, 허구한 날 땀 냄새를 풍기고 돼지처럼 먹을 거만 밝힌다고 했다. 봄비는 '돼지 같은 오빠가 다 먹어버렸어.'라는 말을 자주 했다. 그럴 때마다 새미는 쿡쿡 웃음을 터트렸지만 때로는 봄비의 투정이 부러울 때도 있었다. 오빠가 있으면 얼마나 든든할까 하는 생각도 했다.

"너네 오빠 얼굴도 잘생기고 재밌을 것 같은데. 난 가끔 사촌 오빠들 만나면 좋기만 하던데. 오빠들이 나를 귀여워해."

"힐! 우리 오빠가 재밌을 것 같다고? 게다가 잘생겼다고? 힐! 여드름투성이에, 더러운 성질에, 네가 직접 겪어 봐야 안다니까. 야, 빨리 가자. 무섭다."

봄비가 호들갑을 떨며 아파트 불빛이 보이는 쪽으로 새미를 잡아끌었다.

5. 늙은 아이 허니제이

그날 밤, 새미는 밤새도록 허니에 대해 생각했다. 그 아이가 머릿속에서 떠나질 않고 시간이 흐를수록 궁금증만 커졌다. 마치 새미 몸을 줄로 묶어 팽팽하게 잡아 끌어당기는 느낌이었다. 너무나 독특해서인지 허니의 얼굴도 또렷이 떠올랐다.

"늙은 아이 허니제이. 분명 아이인데 왜 어른 같은 모습일까?"

순간 새미는 그런 사람들이 실제 있는지 궁금해져서 컴퓨터를 켜 검색을 해보기로 했다.

'어른 아이. 늙은 아이. 노인 아이…….'

이리저리 검색어를 바꿔가며 쳐보던 새미는 깜짝 놀라고 말았다. 소녀와 관련된 기사를 찾아냈기 때문이다. 기사의 제목은 '늙은 아이 외계 소녀'였다.

'외계에서 온 소녀로 추정되는 한 소녀가 네티즌들의 관심을 끌고 있다.
60대 얼굴의 이 소녀는 분명 어린아이임에도 불구하고
60대 같은 중후한 모습을 하고 있어 놀라움을 자아낸다.
사람들은 이 소녀를 외계에서 온 소녀로 추정하고 있었는데
조사 결과 이 소녀는 남극에서 살고 있음이 밝혀졌다.'

"이럴 수가! 믿을 수가 없어."

긴 머리를 양 갈래로 땋은 허니와 달리 인터넷 기사 속의 아이는 짧은 머리였다. 그런데 얼굴이며 웃는 표정이 똑같았다.

"말도 안 돼. 이런 일이 어떻게 벌어질 수 있지? 그래, 내일도 편지를 한 번 써보는 거야."

새미는 허니의 존재를 증거로 남기기 위한 작업을 마음속으로 슬며시 계획하고 있었다.

다음날 새미는 또 산책하러 나갔다. 세모 집을 바라보며 새미는 주머니 속의 편지를 만지작거렸다. 그리고 빨간 우체통에 편지를 넣었다.

너에게 궁금한 게 많아. 오늘 밤에 놀러 가도 되겠니?
오늘 밤이 안 된다면 언제가 좋겠니?

편지를 넣고 근처에 숨어서 편지를 누가 빼가는지, 답장을 넣는 사람이 있는지 지켜보았다. 새미는 한 시간 동안 집요하게 그 세모 집만을 노려보았다. 하지만 우체통 근처로 얼씬거리는 사람은 아무도 없었다.

'아마 한밤중에 편지를 가져가나 봐. 답장은 항상 다음날 오는 것 같아.'

다음날 세모 집에 가보니 빨간 우체통에 역시 답장이 꽂혀 있었다.

오늘 바메 노러와. 기다릴게.
지켜야 할 거슨 꼭 10시에 와야 해.
- 허니 J

새미는 허니제이의 존재를 증거로 남겨두기 위해 얼른 휴대폰 카메라를 편지에 갖다 댔다. 그런데 카메라를 편지에 갖다 대면 뿌옇기만 하고 대상이 잡히질 않았다.

"이상해. 왜 카메라가 안 잡힐까?"

새미는 카메라 기능이 고장이 났는지 확인하기 위해 셀프카메라로 자신을 찍어보았다.

찰칵!

카메라 기능은 아무 문제가 없었다.

'참, 이상해. 허니제이의 다락방에서도 휴대폰은 꺼졌잖아.'

새미는 편지를 다시 우체통에 넣었다.

'증거를 남길 수 없다는 게 아쉽네.'

그날 밤, 새미는 그 집 앞에서 10시가 되기를 초조하게 기다렸다.

'철커덩-.'

새미는 재빨리 핸드폰 시계를 보았다. 역시 10시였다. 그 집은 정확히 10시가 되어야만 자동으로 대문이 열렸다. 그것도 새미와 약속이 되어있는 날에만!

새미는 마당에 들어서면서 2층 다락방을 올려다보았다. 여전히 어두운 방에 촛불이 일렁거리고 창문으로 소녀의 모습이 얼비쳤다. 거실을 들어서자 지난번처럼 거실 뻐꾸기시계가 울렸다. 깊은 숲속에서 슬프게 울어대는 것 같은 소리였다. 새미는 계단을 아주 천천히 오르며 시계가 몇 번을 울리는지 세어보았다. 시계는 짧게 다섯 번을 울어댔다.

2층으로 올라가니 허니제이가 여전히 양 갈래머리를 한 채로 새미를 기다리고 있었다.

"어서 와."

소녀는 따뜻한 차 한 잔을 내려놓았다.
달콤한 향이 느껴지는 꿀차였다.
새미는 다짜고짜 물었다.
"넌 누구니?"
"나는 먼 외계에서 집을 나온 아이야.
이곳으로부터 멀리 떨어진 별이지."

소녀는 전혀 알 수 없는 소리를
늘어놓았다.

"너는 정말 외계에서 온 소녀가 맞니? 혹시 남극 소녀 아니니?"

"남극? 글쎄……, 아마 스쳐 지나오기는 했을 거야. 외계에서 오다 보면 아주 멀고 먼 길을 거쳐오게 되지. 지나온 그 길들은 상상할 수 없을 만큼 멀기 때문에 그곳들에 대해 일일이 기억하기는 힘들어. 그나마도 저 아래층에 있는 스위스제 뻐꾸기시계 덕분에 약간의 기억만을 품고 있을 뿐이야."

"아래층에 있는 시계는 내가 이곳에 들어오면 항상 울렸어. 근데 제멋대로 울리는 것 같았어."

"맞아. 저 시계는 제멋대로 울려. 하지만 나의 옛일에 대한 기억을 품은 시계야."

허니는 점점 더 알쏭달쏭한 얘기만 늘어놓았다.

"그나저나 내 고향을 어떻게 설명해야 할까? 옳지! 너 혹시 케플러로 이름 붙여진 행성을 아니? 나는 그곳에서 왔단다. 아주 오래전……."

"말도 안 돼! 먼 외계에서 온 아이가 어째서 이곳에, 이 집에, 이렇게 혼자 있는 거지?"

새미의 물음에 소녀는 찻잔을 들어 차 한 잔을 홀짝이더니 말을 시작했다.

"그것은 명백한 사고였어!"

"……."

사고였다니! 도대체 무슨 말일까. 새미는 마른침을 꿀꺽 삼키
며 허니가 어떤 이야기를 할지 조용히 기다렸다.

내 이름은 허니제이야.

내가 사는 행성은 이곳 시간과는 다른 곳이야.

미래인지 과거인지는 나도 몰라.

우리 집 뒤로는 내가 좋아하는 커다란 아슈바타 나무가 있어.

아슈바타 나무는 지상과 천상을 이어주는 신의 나무라고 불려.

그 나무는 모험을 원하는 아이들을 신비의 세계로 인도한다는
전설이 깃들어 있어.

나는 그 나무를 보며 알 수 없는 세상을 꿈꾸곤 했어.

우리 부모님은 빨간 열매에서 화장품 연료를 구하는 일을 하셔.

종일 일하시느라 나를 돌볼 틈이 없으시지.

나는 외롭고 심심하면 그 아슈바타 나무 속에 숨는 것을
좋아했어.

나무 아래 둥치에는 커다란 구멍이 나 있는데 그곳은 내 비밀
장소거든.

나는 그곳에 혼자 숨어 놀거나 공상을 했어.

그날도 나는 그곳에 웅크리고 앉아 '알 수 없는 나라'를
그려보았지.

그때 작은 초록 새가 나타나 나를 유인하기 시작했어.

모험을 꿈꾸는 아이들을 인도해 여행을 도와주는 안내자야.

"나와 낯선 여행을 떠나보지 않을래?"

나는 반갑기도 하면서 약간은 두려움에 몸이 떨려왔어.

"몸을 웅크리고 밑으로 쑥 내려가면 놀라운 일이 벌어져."

밑으로 내려갈수록 구멍이 커지고, 커다란 뿌리들이 뻗어있는데

놀랍게도 그 뿌리를 따라 길이 열리고 길을 따라가는 게 바로 모험이라 했어.

"길은 각각 다르게 나 있는 것 같지만 결국 마지막엔 같은 길로 이어져 있지."

다시 말해 어느 길로 가든 결과는 같다고 했어.

"하지만 네가 선택한 길에 따라 네가 겪는 모험의 빛깔은 달라."

나는 길을 떠나기로 했어.

아니, 이미 내 몸은 초록 새를 따라 움직이고 있었어.

그게 바로 명백한 사고였다는 거야. 새를 따라나선 것이.

"몸을 쑥 웅크리고 밑으로 내려가 봐."

새가 시키는 대로 해보니 몸에 기름이라도 바른 듯 구멍 밑으로 쑥 빠졌어.

그러자 광명이 비춘 듯 환한 세상이 열렸고 빛으로 가득한 넓은 길이 사방 천지로 펼쳐져 있었어.

그건 바로 나무뿌리를 따라 끝없이 펼쳐진 모험의 길이었어.

오! 그 모습은 어찌나 놀랍고 신기하던지!

나는 유난히 반짝거리는 넓은 길을 택했어.

6. 저 너머 세상으로

허니가 선택한 길은 예사롭지 않은 길이었다. 초록 새는 이미 그것을 알고 있었다.

"특별한 계단을 오른다고 생각하렴. 마지막 계단까지 올라서면 너는 새로운 세상을 만나게 될 거야. 그곳에서 새로운 인연을 만나게 되지."

'새로운 인연이란 뭘까?'

허니는 뭔가 특별하고 굉장한 일이 펼쳐질 것 같았다. 하지만 허니가 선택한 길은 거칠고 메마른 숲길을 끝없이 걸어야 하는 것뿐이었다.

피부로 느껴지는 날씨는 전혀 춥지 않았는데 눈으로 보이는 숲은 겨울처럼 황량하게 메말라 있었다. 걸어도 걸어도 그 길뿐이었다.

"도대체 이 길은 어디까지 이어지는 거야? 정말 지루하기 짝이 없군."

허니가 느끼기엔 풀도 나무도 모든 것들이 거칠게 죽어있는 느낌이었다.

"숲인데 도무지 생명력이 느껴지지가 않아. 꽃도 없고 푸릇한 풀도 없어. 새소리도 들리지 않고 벌레도 없어. 이 황량한 길은 어디까지 이어진 걸까?"

새는 어디로 갔는지 보이지 않았다. 길은 끝없이 이어져 있었다. 게다가 걷다 보니 건조한 모래바람까지 허니의 얼굴을 휘감았다. 허니는 따가워서 눈을 뜰 수가 없었다. 공기가 메말라 숨도 턱턱 막혀왔다. 이런 길로 계속 간다면 꼭 죽을 것만 같았다. 목과 눈과 온몸이 따갑고 까끌까끌했다.

허니는 문득 새로운 사실을 느꼈다. 자신이 현재 가고 있는 길의 모든 것들은 죽어있다는 것을. 그 길에서 허니 자신은 살아 움직이고 있었다.

"그래, 난 길을 걷고 있고, 이건 살아있다는 증거야."

커다란 회색 구름이 햇빛을 가렸다가 내놓기를 반복했다. 허니는 어둑한 그림자와 밝은 햇빛 사이를 번갈아 걸으면서 이따금 숨을 크게 들이마셨다.

허니는 자신이 점점 야위고 메말라가는 것을 느꼈다. 얼마쯤 걸었을까? 콧속마저 말라버릴 것 같던 메마른 길에서 물 냄새가 풍겨왔다. 허니는 코를 큼큼거렸다.

"물 냄새가 났어. 분명 근처에 물이 있어."

허니는 힘을 내어 달리기 시작했다. 아니나 다를까, 눈앞에 믿기지 않게 드넓은 강이 펼쳐졌다. 허니는 저도 모르게 소리를 질렀다. 게다가 황량한 길을 걸으면서 개미 새끼 한 마리 본 적이 없는데 강가에 사람의 모습까지 보였다.

허니는 죽어가던 몸을 되살리듯 신선한 공기를 맘껏 들이마셨다. 그때 강어귀에 작은 나룻배를 대놓고 있던 아저씨가 허니에게 인사를 건넸다. 챙이 있는 까만색 중절모를 쓴 사공 아저씨가 손가락 끝으로 모자를 살짝 올리며 미소 지었다.

"반갑구나. 너는 메마른 길을 빠져나와 이제 비로소 자유를 얻

은 거야. 자, 이 배를 타렴. 이 강을 건너면 너는 새 탄생의 길로
가게 된단다."

뱃사공 아저씨는 검게 그을린 얼굴에 인상이 푸근했다.

"자, 내 손을 잡고 배 안으로 들어오렴."

아저씨가 허니에게 손을 건넸다. 허니는 아저씨 손을 잡고 배
안으로 폴짝 뛰어 들어왔다. 잠시 배가 휘청거리면서 눈 부신 햇
살과 함께 강물이 출렁거렸다.

"근데 아저씨는 누구신가요?"

아저씨는 대답 대신 노래를 부르기 시작했다.

"이 길은 자유의 길.

나는 이제 어디든 갈 수 있다네.

어디든 훨훨 날아 자유를 느낄 수 있다네.

날아가세 날아가세, 행복의 궁전으로.

그곳에서 나는 진정한 자유를 느낀다네."

허니는 노래를 듣자 마음이 평온해졌다.

"이 배는 어디로 가는 건가요?"

"이 배가 강을 건너고 나면 너는 새롭게 태어난단다."

"새롭게 태어나다니요? 제가 변하기라도 한단 말인가요?"

"아늑하고 포근한 행복의 궁전에 이른단다."

"행복한 궁전? 제가 공주로 다시 태어나기라도 하는 건가요?"

"하하, 공주라? 공주가 될 수도 있고 멋쟁이 왕자가 될 수도 있고……. 하지만 그 전에 다섯 요정의 시험을 한번 거치긴 해야 해."

아저씨가 알 수 없는 이야기를 했다.

"다섯 요정은 뭔가요? 왠지 다섯 명의 좋은 요정일 것 같아요."

"글쎄……. 내가 듣기로는 어떤 형체가 없다고 들었어. 요정은 착한 요정도 있지만 나쁜 요괴도 있단다. 중요한 것은 요정들은 너를 단련시키기 위해 시험을 한다는 거야. 요정들은 너를 도와 줄 수도 있지만 어쩌면 너를 방해할 수도 있어. 다만 너는 다섯 요정의 시험을 잘 통과하면 행복의 궁전에 잘 다다를 수 있거든."

허니는 앞에 펼쳐질 일들에 대해 두려움을 느꼈다. 그리고 문득 초록 새의 행방이 궁금해졌다. 자기를 이곳으로 인도한 초록 새는 어디로 간 걸까?

"혹시 작은 초록 새를 못 보셨나요?"

"작은 새는 어디선가 너를 늘 지켜본단다."

사공 아저씨는 더는 어떤 대답도 하지 않았다.

"그런데 저는 왜 다섯 요정의 시험을 통과하고 행복의 궁전에 이르러야 하나요? 저는 모험을 원하긴 했지만, 행복의 궁전을 원한 적은 없어요. 다만 메마른 길을 걷느라 지쳤고 이젠 평화로운 곳에서 잠시 쉬다가 원래 내 집으로 가고 싶어요. 자꾸만 내가 살던 집이 잊히려 해요."

허니는 길을 걸으면서 이상한 사실을 깨달았다. 그것은 강을 건너온 이후부터 시간이 흐를수록 예전의 일이 자꾸 희미해지는 것이었다. 몇 가지 사실만 선명한 조각으로 떠오를 뿐 나머지는 흐릿해졌다.

"네가 행복의 궁전에 다다를 수 있는 것은 누군가 너를 간절히 원하기 때문이지. 그건 아주 고귀한 일이란다."

사공 아저씨는 알쏭달쏭 어려운 말만 늘어놓았다.

"그게 무슨 말이죠?"

"네가 수많은 별 중의 하나를 콕 집어 바라보는 것처럼, 어떤

별 하나도 수많은 영혼 중에 너를 골라 눈을 맞추고 있단다."

허니는 그 말이 가슴에 와 박혔다. 어떤 별 하나가 자신의 영혼과 눈을 맞추고 있다는 사실. 그 별은 자신을 간절히 원한다는 사실……. 허니는 햇빛 가루들이 부서져 내린 반짝이는 강물을 바라보았다. 문득 알 수 없는 그리움으로 목이 콱 메어왔다.

얼마를 갔을까? 사공 아저씨는 갈대가 무성한 포구에 허니를 내려주었다. 그리고 뱃머리를 돌려, 왔던 쪽으로 유유히 사라졌다. 뭘 어떻게 하라는 이야기도 없이……. 허니는 사공 아저씨를 향해 손을 흔들었다.

7. 다섯 요괴와 출렁다리

"어휴, 이제 어디로 가야 하는 걸까?"

눈앞에는 넓디넓은 갈대밭이 펼쳐져 있었다. 허니는 무성한 갈대들을 헤치며 터덜터덜 걸었다. 그 길은 제법 걸을 만한 길이었다.

'이런 길을 걸은 적이 있던가?'

허니는 이전의 기억들을 놓치지 않으려고 안간힘을 쓰면서 걸었다. 하지만 새로운 길을 걸을수록 옛 기억이 희미해지는 것을 느꼈다.

'왜 혼자 이렇게 외로운 길을 가야하는 걸까⋯⋯.'

그 와중에도 다섯 요정이 마음에 걸렸다. 형체가 없다는 다섯 요정은 허니에게 어떻게 다가올까. 요정의 시험이란 과연 무엇일지 걱정도 되었다. 그러나 곧 행복의 궁전에 이른다는 생각을 하니 새벽빛이 밝아오듯 희망에 부풀었다.

갈대 무성한 길을 빠져나오자 이번에는 넓디넓은 늪이 펼쳐졌다. '슈욱 슈욱-' 발이 빠지는 늪이었다. 허니는 조심조심 발을 내디뎠지만 몇 발짝 가기도 전에 발하나가 깊은 늪으로 푹 빨려 들어갔다. 그건 강력한 무언가가 밑에서 잡아당기는 느낌이었다.

"엄마야! 내 발이 자꾸 빠져. 으악~. 날 좀 구해 줘."

발하나가 빠지기 시작하자 걷잡을 수 없을 만큼 강한 속도로 허니의 몸은 빠져버렸다. 순식간에 가슴께까지 늪 속으로 빨려 들어갔다. 그때 단어 하나가 허니의 머리를 스쳐 지나갔다.

'무저갱!'

무저갱은 밑바닥이 없는 구렁텅이를 말한다. 악마가 벌을 받아 한번 떨어지게 되면 영원히 나오지 못한다는 악령들의 거처!

"나는 악마가 아니야. 내게 구렁텅이 따위는 필요 없어."

허니가 소리쳤다.

지옥 같은 이곳으로 떨어지면 안 된다는 생각이 들었다. 그때 엄마가 허니에게 했던 말이 떠올랐다.

'때때로 우리 가는 길이 지옥의 구렁텅이에 빠지듯 위태로운 순간이 있단다. 하지만 못 헤쳐 나갈 길은 없어.'

"그래. 난 절대 이곳에 빠지지 않을 거야!"

이전의 기억들이 점차 희미해지는 순간에도, 엄마라는 존재와 그 존재가 했던 말은 강렬한 조각으로 또렷이 떠올랐다. 늪 안으로 빠져들자 온몸을 죄는 듯한 고통이 느껴졌다. 곧 숨이 막혀 죽을 것만 같았다.

그런데 늪 아래에서 허니를 잡아당기는 어떤 존재들이 느껴졌다. 허니는 그것들의 정체가 바로 다섯 요정이라고 생각했다.

"그래. 이건 분명 다섯 요정이 틀림없어. 다섯 개의 방향에서 잡아당기잖아."

모습은 볼 수 없지만 허니는 확신할 수 있었다. 형체를 알 수 없는 다섯 요정은 결국 허니에겐 요괴와도 같은 방해자가 되어 나타난 것이다. 하지만 그것은 다 허니를 단련시키기 위한 것이라던 뱃사공 아저씨의 말이 떠올랐다.

"이걸 견뎌야만 한다고 했지?"

하지만 허니가 늪에서 빠져나오려고 발버둥 칠수록 더 깊이 빠져드는 것을 느꼈다. 숨은 점점 더 막혀왔다. 그때 늪 한쪽에 박혀있는 바위를 발견했다.

"누군가 도와준다더니……."

허니는 바위 쪽으로 손을 뻗어 깊이 빠져들어 가려는 자신의 몸을 조금씩 버티어냈다.

"조금만! 조금만 더!"

허니는 마침내 늪 속에서 상체를 건져냈고 다리 하나를 바위에 걸쳐놓고 나서야 안도의 숨을 내쉬었다. 늪에서 몸을 완전히 빼내고서야 큰 숨을 몰아쉬었다.

"이제 됐어."

허니는 늪지대를 빠져나가기 위해 한 발 한 발 조심스럽게 내디뎠다.

"자, 조심조심. 신이시여! 내게 단단한 땅을 ……."

허니는 마침내 늪의 상태를 구분할 수 있었다. 조금 단단한 곳과 깊게 빠져드는 곳을 파악하며 발을 내디뎠다. 그리고 다섯 요정, 아니 요괴로부터 서서히 벗어나고 있었다.

겨우 늪을 빠져나온 허니는 온통 흙투성이였다.

"꼴이 이게 뭐야. 완전히 더러워졌잖아."

하지만 따뜻하게 내리쬐는 햇볕에 몸이 마르기 시작했다. 허니는 마른 흙을 털어냈다. 그리고 마침내 단단하고 평평한 길을 걷게 되었다. 늪이 아닌 평평한 땅을 딛고 있는 것이 얼마나 고마운 일인지!

허니는 목도 마르고 마음은 몹시 지쳐있었다.

'왜 이런 길을 나 혼자 가야 하지?'

걷다 보니 어디선가 향긋한 꽃바람이 불어왔다. 햇살은 더 화사하게 빛났고 싱그러운 바람은 허니의 볼을 간질였다.

"이제 곧 행복의 궁전이 나오려나 봐."

그때 어디선가 아이들의 재잘거리는 소리가 들려왔다. 곧이어 꽃들로 뒤덮인 작은 언덕이 눈에 들어왔다. 꽃향기는 온몸을 감쌌다. 허니는 아이들의 소리가 들리는 곳을 찾기 위해 언덕을 단숨에 넘어갔다. 그러자 꼭 놀이동산처럼 알록달록하게 꾸며진 마을이 나왔고 그곳에는 여러 개의 출렁다리 앞에 아이들이 줄서 있는 모습이 보였다. 그 모습은 흡사 놀이 기구를 타려고 줄을 서 있는 아이들의 모습 같았다.

"와, 나와 똑같은 아이들이야."

허니는 반가워 얼른 출렁다리 앞으로 달려가 아이들 뒤에 섰다. 그때 옆에 서 있는 소년과 눈을 맞추며 인사를 건넸다. 찰랑대는 검은 머리칼을 한 허니 또래의 아이였다.

"안녕!"

그런데 소년의 얼굴이 낯이 많이 익었다. 놀라워라! 그 얼굴은 허니와 아주 흡사한 얼굴이었다. 머리만 짧을 뿐 분명 허니와 같은 모습이었다. 허니는 자기와 너무나도 흡사한 아이를 보는 순간 강한 전율을 느꼈다. 그건 그 아이도 마찬가지였다. 꽤 오랫동안 둘은 서로의 얼굴을 아주 자세히, 그리고 천천히 바라보았다.

"흙투성이 친구! 우린 어디서 본 듯하지?"

소년이 웃으며 말했다. 그제야 허니는 자신이 흙투성이인 것을 깨달았다.

"아, 미안. 오랫동안 여행을 하던 중이라 내 몸이 엉망이야. 좀 전에는 늪을 빠져나와 간신히 살았거든."

허니는 마른 흙을 털어내며 말했다.

"그런데 이곳이 행복의 궁전 맞니?"

"아니야. 이 출렁다리를 건너야만 행복의 궁전이 나온다고 했

82

어. 이곳의 아이들은 다 행복의 궁전에 가기 위해 이곳에 서 있는 거야."

"그렇구나. 그런데 너는 누구니?"

허니가 소년에게 물었다.

"나는 내가 누구인지 몰라. 그저 여행을 하며 내가 누군지를 알아가는 중이야. 그런데 우리 이전에도 여러 번 본 적이 있는 것 같지? 그리고 설령 이곳에서 헤어진다고 해도 또 만날 것만 같아."

놀랍게도 소년의 예감은 맞아떨어졌다. 잠시 후 허니와 소년은 손을 잡고 출렁다리 쪽으로 한 걸음씩 옮겼다. 평행선처럼 놓인 출렁다리 앞에서 허니와 소년은 손을 잡은 채로 조심조심 출렁다리를 건넜다. 한 발짝 내디딜 때마다 서로의 눈을 마주 보며 웃었다. 그건 무척 짜릿한 눈 맞춤이었다.

하지만 출렁다리를 다 건넜을 무렵 허니와 소년은 알아차렸다. 출렁다리에서 발을 내려놓는 순간 둘은 손을 놓아야 한다는 것을. 그리고 앞에는 각기 다른 길이 놓여있다는 것을…….

그것은 무척 아쉽고 슬픈 일이었지만 어쩔 수 없는 일이라는 것도 알아챘다. 허니의 목이 콱 메어왔다. 소년이 허니의 손등에 작별 인사를 했다. 허니가 목쉰 소리로 말했다.

"안녕, 친구! 우린 언젠가 다시 만날 거야."

"맞아. 우린 또 만날 거야. 너와 나뿐 아니라 출렁다리 앞에 있던 모든 아이는 언젠가는 또 만날 별들이지."

"그래. 우린 각각의 아름다운 별들일 거야."

허니가 말했다. 마침내 출렁다리에서 발을 내려놓는 순간 누군가의 목소리가 들려왔다.

"이곳을 떠나 새로운 세상에 나가게 되면 너와 저 아이는 어느 순간 다시 만나게 되어있어. 그러나 서로를 기억 못 하지. 그것을 우리는 인연이라고 말하지……."

허니를 안내했던 초록 새가 조그만 부리를 열어 속삭였다.

8. 우리끼리 통하는 것

허니의 이야기는 여기서 멈췄다.

"좀 쉬었다 해야겠어. 다음 이야기는 매우 중요한 이야기야. 오늘은 여기까지만 할래."

새미는 그만 신비한 이야기에 꽁꽁 묶여 있다가 그제야 스르르 풀렸다. 꼭 마법에 걸린 것 같았다.

'이게 꿈인가 현실인가.'

허니의 찻잔에는 한 방울의 물도 남지 않은 채 바짝 말라버렸고 새미 찻잔의 달콤한 꿀차는 차갑게 식어있었다.

"잠깐만!"

새미가 또랑또랑한 목소리로 말했다.

"내가 네 이야기를 좀 정리해 볼게. 그러니까 너는, 아슈바타 나무뿌리를 따라 길을 선택해 여행을 하게 되었는데, 매우 거칠고 메마른 길을 지나, 강을 건너, 갈대숲이 무성했던 곳에 다다랐지. 그리고 다시 늪에서 다섯 요정의 시험을 거쳐 출렁다리를 만나게 됐지. 거기서 잠깐 너를 닮은 소년을 만났지만 그건 잠깐의 만남이었고, 다시 헤어져 길을 떠난 것이로군. 그 길고 긴 여행은 계속 이어지는 거니?"

그러자 허니는 피곤한 듯 기지개를 켜며 말했다.

"아니야. 그 여행은 사실 거기가 거의 종착지야. 소년과 헤어지고 난 뒤 곧바로 행복의 궁전에 다다르게 됐지. 하지만 행복의 궁전이란! 아……."

허니의 입에서 가느다란 신음이 새어 나왔다.

"행복의 궁전이 어떠했길래 그래?"

"행복의 궁전이란…… 믿기지 않는…… 아니 믿을 수 없는, 아주 특별한 곳이었어. 그곳에서 난 중요한 누군가를 만나게 돼."

"아, 궁금해. 그게 뭘까?"

새미는 궁금해서 견딜 수가 없었다. 허니는 피곤해했지만 새미는 전혀 피곤하지 않았다. 하지만 시간이 꽤 흐른 것만 같아 걱정되었다.

"그래. 너무 오랜 시간을 보낸 것 같아. 나도 이제 가야겠어."

자리에서 일어서던 새미가 문득 궁금한 것을 물었다.

"그런데 왜 너는 늙은 아이의 모습이니?"

"그건 다음에 들려주는 이야기를 듣다 보면 자연스레 알게 돼."

"그럼 언제 또 놀러 올까? 아! 그리고……."

새미는 문득 친구들 생각이 났다.

"내 친구들과 여기에 온 적이 있었어. 너도 알지?"

"음……."

"다음에 내 친구들도 함께 오면 안 될까? 그 아이들도 너에 대해 궁금해해. 내가 네 이야기를 했거든. 처음엔 믿지 않았는데 그날 창가에 서 있던 네 모습을 보고 비로소 내 말을 믿었어. 함께 와도 되지?"

그러자 허니가 잔뜩 인상을 쓰며 단호한 어조로 말했다.

"그건 안 돼!"

새미는 이상했다.

"왜지?"

"나야말로 묻겠어. 너 친구랑 처음에 함께 온다고 했잖아. 그런데 왜 안 왔지?"

"사실은 그 아이들이 너를 귀신이라며 무서워했어."

"그것 봐. 그 아이들에겐 아마 내가 무서운 귀신으로 보일 거야. 그리고 이곳에 그 아이들이 들어와도 나는 절대 아이들 앞에 내 모습을 드러내지는 않아."

"왜 그런 거지? 정말 궁금해."

"그걸 말로 표현하기는 무척 어려워. 교감이라고 해야 할까? 너는 그 말을 아니?"

"교감……. 서로 마음이 통하는 거잖아."

"맞아. 서로 마음이 열리고 통해야 해. 너는 마음이 열려있고 나와 가까워지고 싶어 한다는 걸 알아. 우린 몸과 마음이 교감 되는 사이거든."

"몸과 마음의 교감이라고?"

도대체 이 허니는 어떤 비밀을 가진 소녀이기에 자신에게만 교감이 되는 걸까?

"자, 오늘은 여기까지야. 하암~. 하품이 백번쯤 나오려고 해.

밑으로 내려가 좀 쉬어야겠어."

"밑에라고? 아래층에 침실이 있니?"

새미는 텅 빈 아래층을 떠올리며 물었다. 아래층은 휑하니 뻐꾸기시계만 걸려있을 뿐 아무런 살림살이도 없는 그저 썰렁한 곳이었다. 굳게 닫힌 방문 하나를 보긴 했지만……. 그 안에 침실이 있는 모양이라고 새미는 잠깐 생각했다. 그런데 허니의 대답은 놀라웠다.

"아니야. 난 여기 사다리를 타고 뒷마당 정원으로 나가 나무 구멍에 들어가 쉰단다. 낮 동안은 거기에 머물러. 아래층은 내 공간이 아니야. 내 공간은 이 다락방일 뿐이지. 내가 10시에 너를 오라 하는 것도 이 시간에만 이 집에 와 있는 거야."

허니가 창문을 열더니 사다리를 가리켰다. 위에서 내려다보니 사다리가 무척 길게 느껴졌다. 이 집은 겨우 이층집일 뿐인데, 왜 사다리는 한도 끝도 없이 아득해 보이는 걸까? 새미는 이상하기만 했다.

허니는 또 한 번 길게 하품을 하며 손을 흔들었다.

"안녕. 내일 봐. 아니 내일 올 수 없다면 삼일 안에 꼭 와야 해."

"알았어."

작별 인사를 하고 나가려는 새미를 허니가 급하게 불렀다.

"부탁이 있어. 나와의 일을 당분간 너희 엄마 아빠나 주변 어른들에게는 말하지 말아 줘."

"왜 그러지?"

"음, 어른들은 자신들의 생각을 강요하기 때문이야. 우리의 이야기를 그대로 믿어줄 때까지 조금만 인내심을 발휘해 줘."

알 수 없는 허니의 말에 새미는 고개만 갸웃거렸다.

9. 연리근으로 이어진 행복의 궁전

새미는 그날 집에 오자마자 인터넷을 찾아보았다.

"분명히 케플러라고 했어."

새미는 머릿속에 외워둔 그 단어를 떠올리며 컴퓨터에서 검색했다.

'케플러 행성'

검색어를 치고 엔터를 누르자 좌르르 기사가 떠, 새미는 기사를 빠르게 읽어 내려갔다.

이번에 발견된 새로운 행성 중 4개는 지구 크기와 비슷하고 물의 존재 가능성이 점쳐지면서 인간이 살 수 있는 '제2의 지구'가 될 가능성이 제기됐다. 4개의 행성은 지구의 2.5배 크기에 그들만의 태양 주변을 돌고 있는 것으로 나타났다. 표면 온도는 물이 흐르기에 적당한 온도일 것으로 추정된다.

특히 '케플러 296F'로 이름 붙여진 행성은 우리 태양 크기의 반 정도에 5% 정도의 빛을 내는 항성 주변을 돌고 있는 것으로 알려졌다. 하지만 물이 존재하는지는 알 수 없어 생명체의 존재 여부 또한 알 수 없다.

"진짜 이런 곳이 있단 말인가?"

새미는 온몸이 떨리고 머리가 쭈뼛 섰다.

"그 아이의 정체는 뭐야? 정말 외계에서 온 아이야? 믿을 수 없어."

새미는 머릿속이 복잡해졌다. 컴퓨터를 끄고 깊은 생각에 빠져들었다.

'허니제이는 누구인가? 그 아이는 어쩌면 인터넷에서 미리 이런 기사를 읽고 나를 놀라게 하려고 괜히 꾸미는 건지도 몰라.'

하지만 그동안 허니가 들려준 이야기들은 분명 신기한 이야기들이었다. 그 아이가 아무리 꾸며서 이야기하는 것을 좋아한다 하더라도, 혹은 그 아이가 천재이고 상상력이 뛰어나 멋대로 꾸며내 말하기를 좋아하는 아이라 해도, 그런 일들을 그렇게 술술 꾸며댈 수는 없을 것이다. 무엇보다도 그런 이야기를 꾸며내 새미에게 들려줄 아무런 이유가 없었다.

'자신이 겪지 않고는 그런 이야기가 술술 나올 리는 없어.'

새미는 침대에 누워 눈을 감았다.

"그래 더 겪어보는 수밖에. 잠이나 자자."

새미는 이불을 머리까지 끌어올렸다. 잠을 청하려는데 엄마가 들어왔다.

"너 요즘 툭하면 밤에 나가는데, 도대체 어딜 갔다 오는 거니?"

엄마의 다그침에 새미는 침을 꼴깍 삼켰다. 사실 허니와의 이야기를 엄마에게 수다스럽게 늘어놓고 싶었다.

"엄마, 예전에 살던 우리 집. 나 거기 가봤어요."

"거길 어떻게 가봤어?"

"거기 사는 어떤 아이가 나를 초대했거든요."

"초대를 했다고? 그 집에 아이가 산다고? 집이 오랫동안 비어 있는 것 같던데."

엄마는 약간 놀라는 표정이었다. 새미는 허니가 당분간 어른에게 말하지 말라고 했던 사실을 기억하고는 말을 얼버무렸다.

"우리 반 친구가 그 집에서 살거든요. 걔가 초대했어요. 그 집은 세모 모양에 좀 특이해요. 하지만 막상 들어가 보니 그저 그렇던걸요!"

새미가 심드렁한 투로 말했다.

"집이 아주 낡았을 거야. 그때가 벌써 십 년 전이잖니."

새미는 다시 엄마에게 질문을 던졌다.

"근데 그 예쁜 집에서 왜 이사를 했어요? 엄마는 늘 정원 있는 집을 꿈꾸었잖아요. 엄마 아빠가 가난해져서 그 집을 팔았어요?"

새미의 질문에 엄마가 잠시 생각에 젖더니 말했다.

"그 집은 우리 집이 아니었어. 우린 전세를 살고 있었으니까. 그 집이 우리 집이라고 했던 건 그냥 했던 말이야."

새미는 진짜 실망스러웠다. 결국, 새미네 집이 아니었다니. 새미의 실망하는 표정을 보고 엄마는 빙그레 웃었다.

"그 집은……."

무슨 말인가 하려던 엄마 얼굴이 어두워졌다.

"뭔데 그래요?"

새미가 다그쳤다.

"음……, 새미 네가 태어나기 전부터 엄마 아빤 그 집이 우리 집이면 좋겠다는 바람을 갖고 있었단다. 마당이 있는 집에서 우리 예쁜 아이들을 키우면 좋겠다는 꿈을 꾸곤 했었지. 그 집에서 네가 태어나긴 했지만……."

엄마가 거기까지 말하고는 갑자기 말을 멈췄다.

"근데 왜요? 무슨 일이 있었어요?"

"아니야. 그냥 잠시 기억하기 싫은 일이 떠올라서……. 그 집처럼 예쁜 단독주택은 아니지만 지금 우린 새 아파트로 이사 와서 잘살고 있잖니? 안 그래? 그러니 그 집 부러워하지 마. 알겠어? 왈가닥 아가씨!"

엄마는 얼른 자라며 억지로 불을 끈 뒤 방을 나갔다. 새미는 허니를 생각하다가 어느새 스르르 꿈나라로 빠져들었다.

이틀 뒤, 새미는 밤 10시에 또 허니를 찾아갔다.

"어서 오렴."

허니는 인자한 웃음을 띠며 부드러운 목소리로 말했다. 그럴 때는 꼭 할머니의 자애로운 표정이었다.

"내 이야기가 무척 궁금했겠지?"

"응. 네 이야기도 궁금하지만, 너라는 존재가 정말 궁금해."

새미가 뚫어질 듯 바라보자 허니가 얼른 고개를 떨구었다.

"네 고향은 케플러 296F 행성이니?"

"아니야. 케플러 296F 행성 옆에 여러 개의 행성이 있는데 나는 그중 한 곳에서 왔어. 그곳은 이름 붙여진 곳이 없어. 숫자와 알파벳만 존재하지. 내가 있던 행성은 J 행성이야. 나는 그곳에서 아주 오래전에 왔어."

"넌 12살이라고 했잖아. 겨우 12살짜리가 오래전에 왔다니. 정말 이해가 안 가."

"……."

허니는 곧바로 답을 하지 못한 채 무언가 답답하다는 표정을 지어 보였다. 고개만 좌우로 흔들더니 또 양 갈래머리를 양쪽으로 잡아당겼다.

"흠."

그리고 깊은 한숨을 내쉬었다.

"그냥 내 얘기만 좀 들어줄래? 너는 자꾸 앞서서 이것저것 너 묻고 싶은 것만 묻는구나. 그냥 그대로 들어봐. 머리로 계산하려 하지 말고 마음으로 내 얘길 들어야 해. 그게 너와 내가 소통될 수 있는 길이야."

새미도 깊은 한숨을 쉬었다.

"알았어. 내가 좀 성급했어. 네 말대로 너의 이야기에 귀를 기울일게."

"그래. 그거야! 대신 네 마음을 나와 한데로 모아야 해."

"어서 다음 이야기를 들려줘. 출렁다리에서 너와 그 소년은 헤어졌잖아. 그리고 곧바로 행복의 궁전에 이르렀다고 했잖아."

새미는 허니와 마음을 모으기 위해 허니의 말에 더욱 집중했다. 당나귀처럼 귀를 쫑긋 세운 채 허니의 까맣고 깊은 눈동자만을 뚫어질 듯 바라보았다. 그 눈동자 속에는 뭔가 간절한 바람 같은 것이 담겨있어 보였다.

'그래. 이 아이는 뭔가 사연이 있어 보여. 진실한 사연!'

새미는 다시 허니의 이야기 속으로 빠져들어 갔다.

출렁다리에서 내리자마자 그 소년과 나는 서로 다른 길 위에

놓였어. 하지만 언젠가는 만난다는 사실에 위안을 얻었지.

나는 출렁다리에서 내려 다시 뿌리 길을 따라 얼마간 걷다가

놀라운 것을 보게 되었어.

그건 바로 뿌리와 뿌리가 맞붙어 또 하나의 나무를 만나게 된

거야.

즉 두 나무는 하나로 이어진 연리근이었어.

나는 또 하나의 나무를 만나기 위해 이제껏 길을 걸었던 거야.

나무 기둥을 타고 올라가니 이럴 수가!

아늑한 구멍 안으로 들어가게 된 거야.

마치 내가 처음에 숨어있었던 아슈바타 나무줄기의 굴과

똑같은……

즉 연리근으로 이어진 두 개의 아슈바타 나무둥치를 타고

이쪽에서 저쪽 나무 구멍으로 옮겨 간 거지.

행복의 궁전이란 바로 어머니의 자궁이었어.

나는 어느 어머니의 배 속에 들어가 새로운 생명으로

태어난 거야.

하지만 그것은 아주 슬픈 인연이었지.

허니제이가 한참 동안 말을 잇지 못했다. 마치 가슴 통증이라도 일어난 듯 허니의 얼굴은 고통스럽게 일그러졌다. 식어버린 꿀차를 한 모금 마시며 허니제이는 말을 이어갔다.

10. 어머니

그곳은 완전히 다른 별이었지. 쉽게 말하면, 나는 이 별에서

저 별로 가기 위해 오랫동안 길을 헤맨 것이었어.

그곳에서 또 다른 인연과 만나야만 했던 거야.

그건 정말 내 의도는 아니었어. 어쩌면 내 자유 의지라고

말할지도 모르지.

하지만 거부할 수 없는 운명이었어.

난 이미 내가 살던 행성에 내 부모님들이 있는데……?

나는 왜 이렇게 또 다른 인연에 의해 새로운 생명으로 연결된

건지…….

그 어머니는 나를 잉태하고 매우 기뻐하는 걸 느낄 수 있었어.

하지만 나는 세상 밖으로 나갈 시간이 다가올수록 숨이 막혔어.

내가 결코 원하던 길은 아니었거든.

왜 나는 전혀 생각해 본 적 없는 어떤 어머니의 배 속에

잉태된 걸까. 심한 혼란이 왔어.

그리고 나는 가슴 깊은 곳으로부터 알아차렸지.

이곳에서 나가는 순간 이전의 모든 것은 잊어버려야 한다는

것을!

그리고 내가 그 세상으로 나가느냐 마느냐는 내 마지막 선택에

달려있었어.

나는 갈등하다가 결국 세상 밖으로 나가지 않기로 했어.

즉 내가 살던 원래의 별로 돌아가기로 마음을 먹은 거지.

그런데 내 별로 돌아간다는 것은 결국 이 어머니와는

작별해야 하는 것이었어.

예전의 별로 돌아간다는 것은 결국 이곳에선 죽음을 의미하는

것이었어.

죽어야만 내 별로 돌아갈 수 있는 거거든.

기억해! 죽어야만 내 별로 돌아간다는 사실을!

결국, 나는 그 어머니의 배 속에서 8개월째 되던 때 죽은 거야.

어머니의 슬픔은 내게 고스란히 전해져왔어.

"어머니, 나는 원래 내 별로 돌아가는 거예요. 제발 슬퍼하지

마세요……."

허니제이를 안내했던 초록 새가 어느새 곁으로 다가왔다.

"어디 갔었어? 얼마나 찾았는데."

"멀리 가지 않아. 언제나 네 곁에 머물고 있지. 만일 나를 부르고 싶으면 휘파람을 불으렴. 그럼 내가 올 거야. 그런데 허니, 그렇게 슬프니?"

초록 새는 작은 눈동자로 허니를 뚫어지게 바라보았다.

"어떻게 하면 그 어머니를 위로해 줄 수 있을까? 내가 할 수 있는 일은 없을까?"

허니가 간절한 눈으로 새를 바라보며 말했다.

"너는 저 어머니의 배 속에서 죽었어. 지금 이루 말할 수 없이 슬퍼. 왜냐하면 자신의 생명을 대신 바쳐서라도 너를 살려내고 싶었는데, 가여운 아기는 세상에 나와 살아보지도 못하고 죽었으니 말이야."

"그러니까 그 어머니를 위로해 달란 말이야. 제발!"

"너는 죽은 자라니까! 죽은 자가 어떻게 살아있는 자를 위로하지? 절대 그럴 수 없어."

새는 잘라 말했다.

"그런 게 왜 없어? 내가 알기로 너는 하늘과 땅을 잇는 전설의 새야. 소원을 들어주고 우리가 원하는 대로 이끌어줄 수 있지 않니? 제발 나를 도와줘. 그 어머니를 위로해 주고 싶어. 그런데 내가 내 고향 별로 완전히 돌아가면 모든 걸 잊잖아. 어머니들의 슬픔, 어머니들의 아픔을 말이야……."

허니가 간절한 눈으로 초록 새에게 말했다. 새는 작은 눈꺼풀을 깜빡이며 말했다.

"그럼 잠깐의 만남을 가져보렴. 그 정도는 내가 도와줄 수 있지."

"정말? 그래줄 수 있겠니?"

"하지만 네가 작별 인사를 하러 그곳에 갔을 때 이미 그곳 세상의 시간은 믿기지 않을 정도로 많이 흘러있단다. 그러니 어머니들은 너를 알아보지 못할 수도 있어. 또 네가 찾아간 어머니가 정확히 네 어머니인지도 알 수 없어. 다만 똑같은 슬픔을 지녀, 너와 교감이 되는 사람이라는 사실일 뿐이야."

"그래도 좋아. 똑같은 슬픔을 지닌 사람에게 위로해 줄 수 있다면 그건 곧 내 어머니를 위로하는 것이나 마찬가지야."

허니의 말에 새는 새가 가진 가장 위대한 능력을 발휘했다. 그건 허니를 '그 별'로 돌아가 그곳에 잠시 머무를 수 있게 하는 것. 그리고 허니와 교감이 되는 누군가를 만나 어머니들을 치유해 주는 것이었다.

초록 새는 부리로 자신의 가슴팍 깃털 세 개를 뽑더니 주문을 걸었다.

주문이란 새의 작은 주둥이에서 흘러나오는 지저귐인데, 그 소리는 '띠디 띠띠띠-띠디 띠띠띠-' 하는 아주 짧고도 반복된 교신 소리였다. 새가 교신을 보내자 별과 별 사이에 연락이 되었고, 만남을 이룰 수 있는 특별한 공간으로 바로 세모 집 2층 다락방이 선택된 것이다.

"그래서 내 얼굴이 이렇게 어른 아이가 된 거란다. 원래 내가 살던 별에서 모험을 떠나던 때가 딱 12살이었어. 그리고 연리근으로 이어진 그 별로 와서 어머니의 배 속으로 들어간 뒤, 8개월 되던 때에 원래 내 별로 돌아가던 중 잠시 짬을 내어 이곳에 온 거야. 그러니 이곳은 이미 오랜 시간이 흐른 거야. 그래서 나는 12살 소녀의 모습과 60세 노인의 모습이 함께 있는 거야."

그 순간 새미의 가슴은 심하게 울렁거렸다. 눈에는 왈칵 눈물이 고이고, 온몸은 전기에 감전된 듯 짜르르했다. 그리고 입에서는 "아~!" 하는 신음 소리가 새어 나왔다. 그건 어떤 기억 때문이다.

11. 별이 된 아기 언니

새미는 엄마로부터 분명 새미 위에 언니가 있었다는 이야기를 들은 적이 있다. 그 언니는 아쉽게도 교통사고로 인해 엄마 배 속에서 죽었다고 했다. 엄마는 그 아기가 높디높은 하늘로 가 아기별이 되었다고 했다. 엄마는 그 아기별을 떠올리면 가슴이 아프다고 했다. 그래서 언니에 대해 말하려 하지 않았다.

새미는 가끔 그 아기 언니를 떠올려보곤 했었다. 그럴 땐 기분이 이상했다. 언니를 둔 친구들이 몹시 부러울 때마다 '아기별 언니가 살아있었다면 얼마나 좋을까.' 생각하기도 했었다.

"너와 내가 교감이 되는 이유를 이제야 알았어."

새미가 소리쳤다.

"우리 언니, 내게도 너와 같은 언니가 있었어. 세상에 나오지도 못한 채 저 별로 가버린 아기 언니 말이야. 본 적은 없지만 ……."

"아, 그랬구나. 바로 그거였어."

허니도 감정을 주체하지 못한 채 두 손으로 입을 막았다.

"너와 교감이 잘 이루어졌던 이유가 바로 그거였어."

허니의 목소리가 떨렸다.

"혹시 너는……, 죽은 나의 언니니?"

새미가 조심스럽게 물었다. 하지만 허니도 그 사실 여부를 알 수는 없었다.

"그건 나도 알 수 없다고 했잖아."

"이제 너를 언니로 부르고 싶은데 그래도 괜찮겠니?"

새미가 허니의 손을 잡으며 물었다. 허니의 손은 할머니의 손처럼 무척 따뜻했다.

"그건 싫어. 내가 너희 언니라는 명백한 증거는 아무것도 없어. 지금처럼 우린 친구야."

허니가 새미의 등을 토닥토닥 두들기며 말했다.

"알았어. 그런데 허니 너를 품고 있던 어머니가 기억나니?"

"어머니의 심장 소리는 기억나. 심장 소리가 자장가 음악처럼 아름다웠지."

허니가 또렷한 어조로 말했다. 그리고 한참 만에 다시 입을 열었다.

"새미야, 너는 너희 엄마에게 꼭 전할 말이 있어."

"그게 뭔데?"

"절대 슬퍼하지 말라고……. 그 아기는 원래의 별로 돌아간 것뿐이라고 전해 줘. 내 위로 너희 엄마가 아픔을 잊었으면 좋겠어. 가끔 잘못된 만남이 있거든. 인연이 길게 이어지지 못한 아쉽고 슬픈 만남……."

새미는 또렷이 기억이 났다. 언젠가 엄마는 죽은 아기 언니에 대한 이야기를 하면서 무척 슬퍼했었다. 엄마는 배 속에서 아기가 죽은 것에 대해 죄책감을 느끼고 있었다. 모두 자신이 잘못했기 때문이라고 했다.

새미는 그 모습을 보며 엄마 앞에서 더는 아기 언니 이야기를 꺼내지 않기로 다짐했었다. 하지만 궁금증은 가시지 않았다.

'이 세상은 왜 이토록 알 수 없을까? 하늘에는 일찌감치 별이

된 자들이 왜 이렇게 많을까?'

그건 분명 슬픈 일이었다.

"전해줄 수 있겠지?"

허니가 또 한 번 다짐하듯 물었다.

"알겠어. 엄마에게 전해줄게. 자식을 잃은 모든 엄마에게 네 위로를 전해줄 수만 있다면 좋으련만."

새미는 코를 훌쩍이며 말했다.

"맞아. 나도 그 얘기가 하고 싶었어. 아기들이나, 아이들이 죽은 것은 원래의 별로 돌아간 것이라고."

그 말을 듣자 새미는 궁금한 것이 하나 떠올랐다.

"너처럼 배 속에서 죽은 아이가 아닌, 이 세상에 나왔다가 사고나 병으로 죽은 아이들도 그럼 원래의 별로 갔다는 거야? 너는 나무 안에서 다시 돌아갔지만 말이야."

"응. 죽으면 땅에 묻지? 땅속으로 들어간 영혼은 나무뿌리를 타고 모험을 떠나고 또 다른 별의 세계로 가는 거야."

"그렇다면 땅이 아닌, 강물에 던져진 영혼은 어떻게 되는 거지?"

"내가 알기로는 강물은 강물끼리 또 이어져 있어. 물길을 따라 모험을 하다 보면 또 다른 별로 가는 길이 열리지."

"넌 그런 사실을 어떻게 알지?"

"오랜 모험을 하다 보면 별들의 세계에 대해 자연스럽게 터득한단다. 그러니까 이렇게 철이 든 늙은 아이 허니제이의 모습이 되는 거야."

그 말에 새미는 고개를 끄덕였다. 허니는 잠시 생각에 잠기더니 입을 열었다.

"음, 가끔은 어떤 별에 이르기까지 너무 오랫동안 떠돌아야만 하는 불쌍한 영혼도 있어. 새 생명으로 잉태되었는데 강제로 죽임을 당하는 경우지."

그 말을 듣자 새미는 '낙태'라는 단어가 떠올랐다. 낙태는 강제로 아기를 떼어내는 거라는 걸 성교육 시간에 들은 적이 있다. 무섭고 끔찍한 일이었다.

"그렇구나. 그럼 별로 되돌아가지 못한 채 계속 거친 길을 떠돌아야만 하는 거니?"

"별로 돌아가긴 하는데……. 고통이 더 크지."

허니는 갑자기 분주한 듯 왔다 갔다 하기 시작했다.

"아, 이제 말해도 될 때가 왔어."

"뭐를?"

"내가 이 집을 날마다 조금씩 단장한 이유를……. 한동안 비어 있던 이 집을 조금이라도 화사하게 단장할 필요가 있었던 거야."

"그게 뭔데?"

"난 너희 가족을 초청할 거야. 우리 이곳에서 즐거운 파티를 하자. 아주 근사하고 환상적인 파티 말이야. 내가 내 별로 돌아가기 전에 벌이는 마지막 파티야."

"정말? 우와! 기대된다."

"하지만 우리가 파티를 벌이기 위해서 또 한 번의 마법이 필요해. 그러기 위해선 내 친구인 초록 새를 불러야 해. 마법의 방법만 해결되면 곧 너희 가족을 초대할게. 친구야, 기대해."

12. 파티를 계획하다

"설주야, 넌 언니가 있어서 좋지?"

새미가 설주에게 뜬금없는 질문을 했다.

"당연히 좋지. 하지만 싸울 때도 많아."

"언제가 제일 좋아?"

새미는 멍하니 허공을 응시하다 설주에게 눈을 돌리며 질문을 던졌다. 그 모습은 정신이 반쯤은 나간 사람처럼 보였다.

"우린 엄마가 없잖아. 그런데 언니랑 함께 있으면 가끔 엄마랑 언니랑 합쳐진 느낌이랄까? 언니는 엄마인 것 같기도 하고, 친구인 것 같기도 하고."

"난 네가 부러워. 나도 언니가 있었다던데……, 우리 언니는 왜 세상에도 못 나오고 일찍 죽었을까? 난 가끔 그런 사실들이 이상하기만 해."

"정말 너희 언니가 있었어?"

"응. 근데 엄마가 사고를 당해 배 속에서 일찍 죽고 말았대. 이 세상에는 미처 태어나지 못하고 일찍 별이 되어버리는 아기들이 너무 많아."

새미가 턱을 괸 채 멀리 창밖을 응시했다.

"맞아. 그뿐만이 아니잖아. 세상에 태어났어도 사고나 병으로 오래 살지 못하고 일찍 가버리는 아기와 아이들도 많잖아. 그뿐만이 아니야……."

설주 얼굴에 어느새 쓸쓸함이 묻어났다.

"나도 우리 엄마가 일찍 돌아가신 게 이상해. 오래오래 함께 살면 좋은데 우리 엄마는 왜 우리만 남겨놓고 일찍 하늘나라로 갔을까?"

그러자 새미가 설주 손을 잡으며 말했다.

"그건 말이야……, 너희 엄마는 어쩌면 다른 별로 돌아갔기 때문이야. 너희 엄마는 또 다른 먼 별로 여행을 떠나신 거야. 아마 더 좋은 별로 가셨을 거야."

"그럴까? 차라리 그렇다면 마음이 놓이는데……."

그때 봄비가 다가와 떠들었다.

"새미가 요즘 단단히 미쳤어. 그 세모 집에서 만난 허닌가 벌꿀인가 하는 애를 만나고부터 말이야."

사실 요즘 새미가 어딘가 달라진 건 사실이다. 요즘 새미는 혼자 생각하는 시간이 많아졌다. 새미 머릿속에는 온통 외계 소녀, 케플러 행성, 별, 유령, 혼령, 인연, 죽음에 관한 생각들로 꽉 찼다.

"맞아. 12살 내게는 이 세상에서 일어나는 일이 온통 이해하기 힘들어."

새미는 턱을 괸 채 중얼거렸다.

"맞아. 요즘 새미가 이상해. 너 사춘기니? 부쩍 말수도 적어지고……."

설주가 새미를 바라보며 물었다.

"이게 다 새미가 그 귀신을 만난 뒤부터라니까! 그 소녀는 귀신이 틀림없어. 인디언 소녀 귀신!"

봄비가 '인디언 소녀 귀신'이라는 말을 할 때는 새미 귀에 대고 힘주어 말했다.

"우리가 본 그 소녀가 정말 귀신일까?"

설주는 고개를 갸웃거리며 물었다.

"귀신이 틀림없어. 약간 으스스하고 이상하잖아. 내가 우리 엄마한테 귀신이 있냐고 물으니까 있다고 했어. 그 아이도 분명히 귀신이야."

"새미는 그 소녀가 귀신이라는 얘기는 안 했어. 외계 행성에서 잠깐 이곳에 온 소녀라고 말했지. 우리 언니도 이 세상에는 마법 같은 일이 얼마든지 일어날 수 있다고 했어. 그러니 외계 소녀일지도 몰라."

하지만 봄비는 흘끔흘끔 새미 눈치를 보면서 여전히 귀신이라고 우겼다. 새미는 여전히 턱을 괸 채 창밖만 응시하고 있었다.

"그나저나 새미는 무섭지도 않은가 봐. 원래 남자처럼 씩씩한 아이인 건 알았지만 수시로 유령 집에 드나들다니! 어제도 귀신을 만나 이야기를 했다잖아. 아유, 끔찍해."

봄비가 몸서리를 쳤다.

"그 아이가 귀신인지 외계 소녀인지 우리가 직접 그 소녀를 만나보면 어떨까?"

설주가 봄비에게 물었다. 그러자 봄비가 소스라치듯 놀라며 고개를 절레절레 흔들었다.

"난 싫어. 난 그 소녀가 아무래도 귀신 같아."

"그 소녀는 나쁜 아이는 아니야. 나쁜 아이라면 새미가 그 아이를 계속 만나겠니? 그러지 말고 오늘 밤에 우리도 새미랑 그 집엘 가보는 건 어때?"

설주 말에 봄비도 마음이 흔들렸는지 고개를 끄덕였다. 설주가 멍하니 있는 새미를 툭툭 치며 말을 건넸다.

"새미야, 그 허니라는 아이. 우리도 한번 만나보면 안 될까?"

"너희들 귀신이라 무섭다고 했잖아. 허니를 만나려면 너희들이 허니와 마음이 같아져야 해."

새미는 훌쩍 자라 어른이 된 것 같았다.

"허니와 마음이 같아져야 한다는 게 뭔데?"

설주의 물음에 새미도 얼른 대답이 떠오르지 않았다.

"음 그건……, 허니를 절대 이상한 눈으로 보지 말 것. 허니를 친구로 받아들일 것. 그리고 허니가 어떤 말을 하든 그대로 믿고 마음을 열 것."

"오늘 밤 우리도 그곳에 데려가 주라! 처음엔 무서웠는데 허니와 친구가 되고 싶어졌어."

설주 말에 새미는 잠시 고민을 하다 고개를 끄덕였다.

"좋아. 하지만 허니를 만날 수 있을지 없을지는 너희 마음에 달렸어. 내가 말한 것처럼 너희 마음이 허니와 같지 않다면 허니는 설령 너희 눈에 잠시 보였다 하더라도 금방 사라지고 말 거야. 명심해."

"알았어."

설주와 봄비는 새미 말에 고개를 끄덕이며 눈을 반짝였다.

그날 밤.

세 아이는 정확히 밤 10시에 허니제이의 집 안으로 들어갔다. 겁이 많은 봄비는 두려움에 설주 팔을 꽉 붙잡았다. 하지만 설주는 훨씬 담담해져 있었다.

마침내 2층 다락방으로 올라가자 허니가 이전과 같은 모습으로 의자에 앉아 있었다.

"내 친구들이야."

새미가 소개를 하자 허니는 웃으며 아이들을 맞아주었다.

124

"어서 와. 이제야 너희들 마음이 열렸구나. 나와 한마음으로."

허니의 웃음에 봄비와 설주도 어색하게 웃었다.

"너와 한마음이 됐는지 그걸 어떻게 알아?"

설주가 묻자 허니가 미소 지으며 말했다.

"너희들이 이 집에 들어올 수 있다는 건 마음이 열렸다는 거야. 마음이 열리지 않았다면 의심으로 가득 차고 나를 볼 수도 없지."

허니는 이어 설명을 해나갔다.

"너희들 마음이 열렸는지 아닌지는 단계를 보면 알아. 첫 번째, 마음이 아예 열리지 않은 아이들은 내 존재를 도무지 믿지 않지. 두 번째 단계는 내 존재를 믿지만, 아직 눈에는 보이지 않지. 세 번째 단계, 내 존재를 믿기도 하고 나를 볼 수도 있어. 그리고 그다음 네 번째 단계는 마음이 완전히 열려야만 이 집에 들어올 수 있어. 마음이 열리지 않은 아이들은 무서워서 이 집에 한 발짝도 들여놓지를 못해. 이 집에 들어와 나를 볼 수 있다는 건 마음이 완전히 열렸다는 증거란다."

"그럼 새미는 마음이 완전히 열린 거네?"

"그렇지! 새미는 내가 이곳에 온 목적을 이룰 수 있게 해준 아이란다. 그래서 나는 새미를 초대해 피티를 하려고 해."

파티가 필요해.

물론이지!

파티라는 말에 봄비와 설주 눈이 반짝였다.

"너희들 내가 다른 행성에서 온 아이인 것은 잘 알겠지? 내가
이 별에 온 이유는 내 슬픔, 그리고 어떤 이의 슬픔을 치유하기
위해서야. 그러기 위해서는 파티가 필요해."

"우리도 초대해 줄 수 있어?"

설주가 밝은 얼굴로 물었다.

우리도 초대해 줄 수 있어?

우린 한마음이야.

"좋아! 그 대신 너희들이 나를 도와줘야 해. 도와줄 수 있겠지?"

"물론이지!"

무서워하던 봄비도 어느새 마음을 털고 커다란 소리로 대답했다.

13. 꿀, 꽃다발, 마법 식물

허니제이의 작전은 시작되었다. 이 일은 아주 은밀히 진행되었다. 왜냐하면 새미 부모님은 허니제이의 존재를 믿지 않을 테니까.

그리고 이 일을 수행하기 위해 꼭 필요한 존재가 있었다. 그는 다름 아닌 초록 새였다.

"당장 새를 불러야겠어."

허니제이는 다락방 뒤쪽 창문을 활짝 열었다. 열린 창으로 시원한 밤공기가 들어왔다. 허니제이는 입을 쫑긋 내밀고 휘파람을 불었다. 청아하고 맑은 휘파람 소리였다. 그러자 푸드득 새 한 마리가 안으로 들어왔다.

"인사해. 나의 친구 초록빛 깃털의 새야."

그 말에 제일 먼저 새미가 인사했다. 설주와 봄비도 따라서 "안녕" 하고 인사했다. 초록 새는 작은 눈을 껌벅이며 아이들과 차례대로 눈을 맞췄다. 초록 새가 작은 주둥이를 벌릴 때마다 아름다운 소리가 들려왔다. 허니제이는 얼마간 새와 눈을 마주치더니 말했다.

"내가 벌이려는 파티는 아주 뜻깊은 파티야. 하지만 쉽지는 않아. 왜냐하면, 이쪽 별과 저쪽 별에 사는 사람들이 만나 벌이는 파티니까 말이야. 이 파티에는 절대적으로 새의 마법이 필요해. 새미 너희 가족들을 이곳으로 불러들이려는 방법이지."

"어떤 방법인데?"

새미는 궁금해서 견딜 수가 없었다.

"너는 세 가지를 준비해야 해. 하나는 꿀, 두 번째는 협죽도과의 잎사귀 한 줌, 세 번째는 꽃다발."

"그거만 준비하면 되는 거야? 방법을 말해 줘."

새미의 재촉에 허니는 초록 새에게서 들은 말을 이어갔다.

"먼저 꿀을 타서 너희 부모님이 드시게 해. 그러면 너희 부모님은 나비로 변할 거야. 너는 미리 꽃다발 하나를 준비해 둔 뒤 나비로 변신한 너희 부모님을 꽃다발 안으로 유인해. 나비는 꽃을 따라오니 자연히 붙어서 오게 되지. 그다음 이 집에 들어오고 나면 협죽도과의 나뭇잎 잎사귀 한 움큼을 아래층 화덕에 던져서 태워버려. 그래야만 너희 부모님 눈에 비로소 내 존재가 보이게 돼."

그것은 놀라운 일이었지만 새미는 한 가지 의문이 생겼다.

"우리 부모님도 너와 교감이 이루어질 거라 믿는데 왜 꼭 마법이 필요한 거지? 마법 없이 교감이 될 수도 있잖아."

그러자 허니는 난처한 듯 양 갈래머리를 잡아당기기 시작했다. 오랜만에 보는 행동이었다.

"그건⋯⋯, 너희 부모님이 어른이기 때문이야. 어른들은 안타깝게도 오랫동안 교감이 되기 힘들단다. 교감이 됐다가도 금방 풀려버려 마음에 의심이 들 수도 있거든. 그러면 파티가 끝나기 전에 너를 데리고 이 집에서 나가버릴 수도 있어. 그러면 아픔이 다 치유되지 못한 채 끝나버리잖아. 어른들은 아이의 모습이 되거나, 나무나 꽃, 새, 나비 등으로 변해야만 비로소 깊은 교감을

언지."

그제야 새미는 고개를 끄덕였다.

"우리들은 그냥 들어오면 되니?"

봄비 질문에 허니가 대답했다.

"너희들은 이미 나의 모습이 보이잖니. 너희랑은 이미 교감이 되는 거야."

"그런데 협죽도과의 식물은 뭐야?"

"협죽도과는 덩굴 식물의 하나야. 이 식물은 낯선 자들과의 교신을 할 수 있게 해주는 마법의 식물이란다. 이 나뭇잎을 화덕에 던지면 나비로 변신한 너희 부모님 눈에 내 존재가 보이게 된단다."

"정말?"

새미는 모든 일이 놀랍고 믿을 수 없었다.

"파티는 돌아오는 금요일 밤. 10시. 너희 부모님이 꼭 오셔야 할 텐데……. 그날 아래층 화덕에는 따뜻한 불이 피워져 있을 거야."

"만일 그날 무슨 일이 있어 이곳에 오지 못하면 어떻게 하지? 그럼 그다음 날로 미뤄서 파티를 해도 되는 거니?"

그 말에 허니는 깊은 고민에 빠진 듯 골똘히 생각에 젖었다.

"아, 그것은 무척 곤란한 일인데……, 만일 그날 성사되지 못하면 나는 또 하염없이 새날을 기다려야 하고……, 그렇게 되면 나는 계획한 일을 이루지도 못한 채 돌아가야 할지도 몰라."

"왜 그러지? 왜 꼭 그날만 파티해야 하는 거지?"

새미가 물었다.

"왜냐하면 그날은 슈퍼 달이 뜨는 날이거든. 슈퍼 달이 뜨는 날은 평소 이루어질 수 없는 일들을 이룰 수 있는 날이야. 각기 다른 별에 사는 우리가 그날 만나지 못하면 다음 슈퍼 달이 뜰 때까지 기다려야 해. 그럼 나는 내 별로 돌아가는 시간이 늦어질 테고……."

허니가 걱정스러운 얼굴로 말했다.

"걱정하지 마. 무슨 일이 있어도 우리가 작전을 잘 짜서 그날 새미의 부모님을 꼭 모셔 올게."

설주가 야무진 목소리로 말했다.

"그래. 어떻게든 해볼게. 꿀물을 드시게 하는 순간 우리 부모님은 나비가 될 테고 결국 내게 이끌려 이곳으로 오게 될 거라고."

새미도 의지를 다지며 말했다. 허니는 그제야 안심이 된 듯 표정이 편안해졌다.

"좋았어. 너만 믿을게! 내 이름이 왜 허니제이인지 알겠지? 꿀과 J 행성!"

14. 가짜 잠옷 파티

하필 그날 저녁에 엄마 아빠는 약속이 있다고 했다.

"안 된단 말이에요. 오늘 친구들이 우리 집에 오기로 했고, 친구들이 엄마 아빠를 위한 이벤트를 벌인다고 며칠 전부터 미리 말했잖아요."

새미는 막무가내로 우겼다.

"새미야, 오늘은 안 된다고 했잖니. 오늘은 아빠 회사에서 아주 중요한 모임이야. 몇 달 전부터 잡힌 약속이라고. 엄마 아빠는 오늘 늦을 거야. 그러니 너희 친구들이랑 집에서 잠옷 파티나 재

있게 하렴."

엄마는 거울 앞에 앉아 왼쪽 귀 끝에 귀고리 한 짝을 달면서 말했다. 귀고리를 달고 나면 엄마의 외출 준비는 끝난 것이다. 그 뒤엔 향수를 몇 방울 뿌린 뒤 핸드백을 들고 나갈 것이다.

"몰라요 몰라! 아주 중요한 일이라고 제가 그렇게 이야기했는데 엄마 아빠는 정말 너무해!"

새미는 기어코 눈에 눈물까지 글썽거렸다.

"참 이해할 수가 없구나. 약속을 미루라 해도 안 된다 하고……. 도대체 너희 친구들과 함께 무슨 음모를 벌이기에?"

"음모 아니란 말이에요. 슈퍼 달은 날마다 뜨는 게 아니니까요."

"슈퍼 달은 또 무슨 소리야?"

"그런 게 있다고요. 슈퍼 달이 뜨는 날은 평소 이루어지지 못하는 일들이 일어나는 날이거든요."

"나 참! 이해할 수가 없구나. 알았어. 9시 30분까지 들어오도록 노력할게."

엄마는 조금 귀찮은 표정으로 마지못해 약속하는 듯했다.

"정말이지? 아홉 시 반까지 꼭 오는 거야!"

"노력한다고 했지, 꼭 오겠다고 한 건 아니거든."

엄마가 연갈색의 가죽 핸드백을 들고 현관 쪽으로 향했다. 엄마가 움직일 때마다 연한 장미 향이 맴돌았다. 엄마의 외출을 알아차린 강아지 몽몽이는 꼬리를 흔들면서 먼저 현관 앞으로 나가 앞발로 문을 박박 긁고 있었다.

엄마가 외출하자마자 설주와 봄비가 왔다. 둘은 잠옷 파티를 하는 것처럼 진짜 잠옷을 챙겨왔다. 설주는 핑크빛의 보드라운 수면 바지를 가져왔고, 손에는 책 한 권을 들고 왔다. 바로 효주 언니가 본다는 『귀신을 위한 백과사전』 책이었다. 봄비는 토끼가 그려진 잠옷을 챙겨왔다. 게다가 엉덩이에는 토끼 얼굴이 커다랗게 그려있고 엉덩이 양쪽에 길쭉한 토끼 귀가 달려있었다.

"호호, 봄비 잠옷은 꼭 초딩 잠옷 같지 않니? 토끼 좀 봐."

설주가 봄비 잠옷에 달린 토끼 귀를 잡아당기며 웃었다. 그러자 봄비가 새초롬하게 말했다.

"야, 그럼 우리가 초딩이지, 중딩이냐? 넌 언니랑 노니까 네가 무슨 중딩인 줄 착각하는데 우린 엄연한 초딩이야. 난 커서도 토끼 잠옷을 입을 거다. 흥!"

봄비 말투는 새초롬했지만 사실 화난 것은 아니었다. 다들 파티에 흥분되어 기분은 유쾌했다.

"너희들, 착각하지 마. 우린 오늘 대단한 미션을 수행하려고 모인 거야. 잠옷 파티하려고 여기 모인 게 아니라고."

새미 말에 봄비가 고개를 끄덕였다.

"알아! 안다고! 어쨌든 우리 엄마한테는 너희 집에서 잠옷 파티한다고 거짓말하고 나왔으니까. 만일 유령의 집에서 늙은 아이와 파티를 한다고 하면 우리 엄만 절대 보내주지 않았을 거야."

설주도 주먹을 쥐며 외쳤다.

"미션 수행! 알았어. 오늘 너희 부모님을 초대 못 하면 끝장이야. 허니와의 계획은 끝나버리고 만다고. 허니는 결국 마지막 인사도 나누지 못한 채 자기 별로 돌아갈 거잖아."

새미는 엄마가 안 오면 어쩌나 걱정이 되었다. 사실 아홉 시 반까지 온다고 했지만, 건성으로 말하는 것이 역력했다.

"새미야, 이왕이면 너도 잠옷으로 갈아입는 게 어때?"

봄비가 새미를 재촉했다.

"알았어."

새미가 잠옷을 꺼내왔다. 새미 잠옷은 우스꽝스러울 정도로 큼지막했는데, 등판과 엉덩이에 붉은색의 흘림 글씨로

'MONSTER(몬스터)'라고 쓰여있었다.

세 아이는 잠옷을 입고 휴대폰으로 인증 샷을 찍었다. 봄비와 설주는 잠옷을 입은 채 침대에서 쿵쿵 뛰면서 장난을 쳤다. 둘이 침대 위에서 뛸 때마다 강아지 몽몽이도 덩달아 짖어댔다. 설주랑 봄비랑 몽몽이는 신이 났지만 새미는 시간이 흐를수록 은근히 긴장되었다.

시간은 더디게만 흘러갔다. 새미는 미리 준비한 꽃다발과 집에서 찾아낸 꿀을 바라보았다. 또 마법의 식물로 불리는 협죽도과 식물의 잎사귀는 바로 집 안 베란다에서 찾아냈다. 새미네가 오랫동안 키우던 덩굴식물이 협죽도과였다. 새미는 그 식물 잎사귀 한 줌을 뜯어내 잠옷 주머니에 슬며시 넣어놨다.

시간은 벌써 8시를 가리키고 있었다.

'지금쯤 엄마 아빠는 자리에서 일어나야 하는데……. 과연 엄마 아빠는 내가 준비한 꿀차를 마시고 나비가 될까?'

새미는 혼자 이런저런 걱정을 하며 감자칩 과자 한 통을 어느새 비우고 말았다. 나초 치즈 맛을 좋아하긴 하지만 통이 빌 정도로 먹어버린 줄은 몰랐다.

설주와 봄비도 양파 맛 감자칩을 먹으며 수다 떨기에 바빴다.

"귀신을 위한 백과사전에 보면 귀신은 무언가 불만족스러운 상태래. 귀신은 죽음의 과정이 완전히 끝나지 않은 자들로 뭔가 불만이 있다는 거야. 만일 분명히 죽은 것으로 알고 있던 누군가가 갑자기 할머니 발을 잡아챈다든지, 무언가 마구 부순다든지, 난장판을 만든다든지⋯⋯."

"야, 귀신 아니거든! 왜 허니를 자꾸 귀신으로 생각하는 거지?"

새미가 벌컥 짜증을 부렸다.

"난 허니를 귀신이라고 한 적 없거든! 그냥 귀신 얘기를 하는 것뿐이야."

설주가 코끝을 만지며 말했다.

"야, 귀신 얘기 계속해 봐."

봄비 재촉에 설주는 또 이야기를 늘어놓았다.

"귀신은 자기가 죽었는지도 모른대. 아주 혼란한 상태지."

설주 이야기를 듣고 있는데 새미는 갑자기 배가 살살 아프기 시작했다.

"나 배 아파. 과자를 너무 먹었나 봐."

그러나 둘은 수다 떨기에 바빴다.

"야, 나 배 아프다고!"

새미가 소리치자 봄비가 낄낄대며 말했다.

"빨리 가서 똥 싸고 와."

"이것들이 진짜!"

새미는 진짜로 배가 아팠다. 그러더니 손발까지 차가워지고 식은땀도 났다.

"새미야! 너, 너무 긴장해서 그런 거 아니야? 야, 걱정하지 마. 너희 엄마 아빠 안 오시면 우리끼리 유령의 집 파티에 가서 놀다 오면 되지 뭐."

봄비가 대수롭지 않다는 듯 말했다.

"그건 안돼. 난 허니 마음을 너무나 잘 알아. 허니는 이 일을 위해 오랜 시간을 기다려왔어. 그리고 무엇보다 우리 엄마 아빠 의 감춰놓은 아픔을 꼭 치유해 줘야 해."

새미가 배를 문지르며 말했다.

"그나저나 슈퍼 달이 떴나 밖을 보자."

설주 말에 세 사람은 베란다로 나갔다. 앞이 뻥 뚫린 새미네 아파트 베란다 창밖에는 정말 커다란 달이 떠 있었다.

"와, 슈퍼 달이다!"

셋은 일제히 소리쳤다. 기다랗고 둥근달이 신비롭게 떠 있었다.

그런데 슈퍼 달을 보는 순간, 새미는 숨이 턱 막힐 정도로 배가 더 아파져 왔다. 새미는 그대로 바닥에 주저앉았다.

"아, 배…… 배 아파. 움직일 수 없을 정도로 아파."

새미가 거실로 들어와 바닥에 쓰러져 새우처럼 몸을 웅크렸다.

"새미야, 많이 아파?"

새미는 대답을 할 수 없을 정도로 배가 꼬이기 시작했다.

"응, 너무 아……, 아파……. 엄마한테 전화……."

"어머, 이걸 어떡해. 진짜 많이 아픈가 봐. 너희 엄마 전화번호 뭐야? 아니, 119를 부르면 어떨까?"

"아니, 일단 우리 엄마한테……."

기어이 새미 얼굴이 샛노래졌다. 설주랑 봄비는 겁이 나 새미가 불러주는 대로 전화를 했다.

"아줌마, 저 설주인데요. 크, 큰일 났어요. 새미가……."

새미는 그 소리를 들으며 배를 움켜쥔 채로 거실을 떼굴떼굴 구르기 시작했다.

"아줌마가 오기까지는 한 시간쯤 걸린다는데……."

전화를 끊은 설주가 걱정스레 말했다. 시간은 여덟 시 반을 가리키고 있었다.

15. 비밀 미션 수행

엄마 아빠를 본 강아지 몽몽이는 기뻐서 앞발을 들고 환영을 했다.

그새 새미의 복통은 거짓말처럼 가라앉았다.

"정말 병원에 안 가도 되는 거야?"

엄마는 여러 번 묻고 또 물었다.

"괜찮다니까요. 설주가 바늘로 손발을 따주니까 정말 거짓말 같이 나았어요."

새미 말에 설주는 쑥스러운 듯 웃고 있었다.

"제가 배 아프다고 할 때마다 저희 할머니가 해주시던 방법이에요. 실로 칭칭 감아서 피를 모은 다음 바늘로 톡 따니까 검은 피가 퐁 터져 나왔어요. 감자칩 먹고 체했나 봐요."

"아이고, 이 녀석들. 우린 오면서 얼마나 걱정을 했는지…….어쨌든 다행이다."

아빠도 안도의 숨을 쉬며 말했다.

그때 봄비가 따끈한 차를 가져왔다.

"많이 놀라셨죠? 저희 엄마는 놀랐을 때 꿀차를 주시더라고요. 어서 드세요. 괜히 저희가 잠옷 파티한답시고 걱정만 끼쳐드렸어요."

봄비가 평소와는 다르게 의젓하게 말했다. 그러고는 새미를향해 한쪽 눈을 찡긋했다.

"그래, 고맙다."

엄마와 아빠는 동시에 찻잔을 들어 올려 입에 가져갔다.

한 모금 마시자 엄마의 흥분은 어느새 가라앉았다. 두 모금, 세 모금…….

천천히 차를 마시던 엄마 아빠는 늘어지게 하품을 하더니 점점 눈꺼풀이 내려앉았다. 그러더니 흐물흐물 바닥으로 쓰러져 잠이 들었다.

새미가 잠이 든 엄마 아빠 가까이 얼굴을 댔다.

"잠이 깊이 드신 게 분명해. 그런데 왜 나비가 안 되는 거지? 꿀차를 마시면 나비로 변신한다는 것은 거짓말이었나?"

"야, 우리도 한 모금씩 마셔보자."

아이들은 돌아가면서 찻잔에 남아있는 차를 한 모금씩 마셨다. 차를 겨우 한 모금 마셨을 뿐인데 새미 눈꺼풀도 주저앉았다. 새미가 깜빡, 아주 깜빡 잠이 든 뒤 깨어났을 때는 이미 놀라운 일이 벌어져 있었다. 함께 차를 마셨던 엄마 아빠가 어느새 나비로 변해 꽃다발 속에 파묻혀 있었다. 친구들은 잠옷을 입은 채 잠들어 있었다. 시간을 보니 어느새 9시 30분을 지나 15분 전 10시를 향하고 있었다. 새미는 재빨리 친구들을 깨웠다.

"야, 빨리 일어나. 시간이 다 됐어."

눈을 뜬 친구들이 깜짝 놀라며 벌떡 일어났다.

"와, 이렇게 놀라운 일이!"

"믿을 수가 없어!"

새미가 꽃다발을 챙겨 들며 서둘렀다.

"이러고 있을 시간이 없어. 빨리 허니에게 가자."

10시에 그 집 문이 열리므로 그 전에 도착해야 한다. 잠옷을 입은 세 사람은 밖으로 나왔다. 밖으로 나오니 밤하늘에는 커다란 슈퍼 달이 둥실 떠 있었다.

"뛰어야 해."

새미가 외쳤다. 밝은 빛의 신비로운 달빛은 세 아이를 비춰주었다.

어둠 속 세 아이의 그림자 뒤로 작은 그림자 하나가 쫄랑쫄랑 따라가는 모습이 보였다.

허겁지겁 세모 집에 도착하자 철문이 철커덩하고 열렸다.

"와, 다행히 늦지 않았어."

새미가 꽃다발을 가슴에 안은 채 숨을 내쉬었다.

"우리가 신데렐라가 된 것 같아."

봄비도 속삭였다. 새미와 친구들은 열린 철문 안으로 들어왔다. 그런데 이게 웬일인가. 어느 틈엔가 몽몽이도 따라오고 있었다.

"몽몽이, 너 언제 온 거야? 아, 이 사고뭉치! 이걸 어떡하면 좋아."

몽몽이는 꼬리를 세차게 흔들며 새미 얼굴만 뚫어지게 바라보고 있었다. 가라고 해도 절대 갈 몽몽이가 아니라는 것을 새미는 잘 안다.

"초대받지 않은 손님이군. 마당에 놓고 가는 수밖에."

새미와 두 친구는 마당에 발을 들여놓은 뒤 2층을 올려다보았다. 여전히 창은 희미한 불빛만이 어른거렸고 허니제이의 그림자가 희미하게 비쳤다.

"파티가 열리는 집치고는 너무 조용한 거 아니야? 난 뭔가 잔뜩 기대하고 왔는데 말이야."

봄비가 실망스럽다는 듯이 말했다. 사실 그건 새미도 마찬가지였다. 파티가 열리는 날이면 정원은 아름다운 불빛으로 가득하고 맛있는 음식 냄새가 진동할 줄 알았다. 하지만 평소와 다른 것은 아무것도 없었다. 어두침침한 정원. 2층 방의 희미한 불빛, 창문으로 얼비치는 허니의 모습까지……. 순간 새미는 겁이 더럭 났다. 뭔가 잘못된 것은 아닐까 하는 의심이 들었던 것이다.

'어쩌면 허니제이는 음흉한 마귀할멈은 아닐까. 선량한 우리 엄마 아빠에게 마법을 걸어 죽이려고 하는 것은 아닐까. 어쩌면 엄마 아빠는 마법에서 영원히 풀려나지 못하고 외계로 끌려가는

것은 아닐까……. 어느 날 갑자기 외계로 끌려가 흔적도 없이 사라진 사람들이 있다고 하지 않던가.'

새미는 인터넷상에 무수히 떠도는 외계인 관련설을 그동안은 믿지 않았으나, 지금 이 순간은 그 모든 것이 사실로 다가왔다.

그런 생각을 하자 가슴이 덜컹 내려앉으면서 서늘해졌다.

"아니야. 그럴 리 없어. 허니는 진실해 보였거든."

새미가 독백처럼 중얼대자 설주가 이상한 듯 쳐다보며 물었다.

"뭘 그렇게 혼자 중얼거려? 그나저나 마법의 식물을 가져왔니?"

설주 말에 새미가 깜짝 놀라 주머니를 뒤졌다. 다행히 미리 챙겨놓은 덕분에 잠옷 오른쪽 주머니에는 마법의 식물이 있었다. 1층 현관문을 열고 들어가기 전에 몽몽이에게 명령했다.

"넌 여기에 얌전히 있어야 해. 알았지? 허니가 허락해 주면 널 데리러 올게."

몽몽이는 알아듣기라도 한 듯 제 자리에서 발을 동동 구르며 새미만 올려다보았다. 새미는 친구들과 조심스럽게 현관문을 열고 안으로 들어갔다. 그런데 날렵한 몽몽이가 제일 먼저 들어가 버렸다. 몽몽이는 흥분한 듯 작은 꼬리를 쉴 새 없이 흔들어댔다.

"쉿!"

새미가 몽몽이를 향해 낮게 외쳤다. 설주가 몽몽이를 안자 몽몽이는 금세 조용해졌다.

1층의 스위스제 뻐꾸기시계는 여전히 울어댔다. 오늘은 다섯 번이 아니었고 정확히 열 번을 울렸다. 뻐꾸기시계는 제멋대로 울린다는 허니 말이 맞았다.

1층의 모습은 평소와 다를 게 아무것도 없었다. 다만 딱 한 가지 달라진 게 있다면 그건 화덕에 불이 피워져 있다는 사실뿐. 그 어디에도 파티를 벌이기 위해 준비된 흔적은 찾을 수가 없었다.

"파티하긴 하는 거야?"

설주 말에 봄비도 맞장구를 쳤다.

"그러게 말이야. 아무 준비도 안 되어 있어. 외계에서 온 자들의 파티는 이런 모양이지. 어쩐지 으스스하고 실망스럽다."

"의심하지 말랬잖아. 자 이제부터 우리 그런 의심은 다 저 화덕 속에 던지고 허니제이를 만나는 거야."

새미는 주머니에서 마법의 식물을 꺼냈다. 덩굴식물 이파리 한 줌을 화덕의 불 속에 던져버렸다.

잠시 화덕의 불꽃이 크고 강하게 일어나는 바람에 셋은 몹시도 놀랐다. 하지만 언제 그랬냐는 듯 다시 사그라들었다.

"자, 2층으로 올라가자."

새미는 꽃다발을 가슴에 품은 채 친구들을 이끌고 조심조심 2층 계단으로 향했다. 좁고 가파른 2층 계단을 오르자 허니제이가 여전히 똑같은 모습으로 앉아 세 아이를 맞이했다.

"약속을 지켰구나. 고마워. 그리고 수고했어. 어? 근데……."

허니가 몽몽이를 보더니 흠칫 놀라는 표정이었지만 금세 미소 지었다.

"아, 얘도 사실은 우리 가족이야. 몽몽인데 우리 가족과 15년을 함께 살아온 개야. 몸집이 작아 어린 강아지 같지만 사실은 늙은 개야. 몽몽이가 여기까지 따라온 줄은 몰랐어."

"아, 그렇구나. 난 어쩐지 이 강아지를 본 것 같아. 몽몽이는 파티에 올 자격이 충분해."

16. 마지막 인사, 위로

그때 꽃 무더기 속에 묻힌 채 잠자코 있던 나비가 화라락 밖으로 튀어나와 방안을 빙빙 돌기 시작했다.

"너희 엄마 아빠가 내 존재를 알아보기 시작한 거야."

새미는 꽃다발을 허니에게 안겨주었다. 그러자 방안을 돌던 나비도 허니의 머리 위에 앉았다.

허니는 꽃다발 속에 코를 깊게 박은 채 깊은숨을 들이마셨다. 그리고는 꽃다발을 가슴 깊이 끌어안은 채 한동안 아무 말도 없었다. 너무나 조용해 새미는 슬그머니 허니를 살펴보았다.

허니는 끌어안은 꽃다발 속에 얼굴을 파묻은 채 그 작은 어깨를 들썩였다. 허니는 울고 있는 게 분명했다. 그 모습을 보자 새미도 왠지 모르게 눈시울이 뜨거워졌다. 새미는 조용히 다가가 허니의 어깨를 감싸 안았다. 방안은 자줏빛 꽃으로부터 풍기는 향기로 가득했고, 그것은 이제껏 맡아본 적이 없는 향기였다.

"천국에서나 맡을 수 있는 향기란다. 이 향기를 맡는 순간 모든 근심 걱정과 슬픔, 그리고 오해와 갈등 따위가 사라지지."

그 향기를 맡자 새미는 오래전 우연히 봤던 엄마의 일기장 속 글이 떠올랐다.

'하루하루 기도하며 네가 세상에 나오기만을 기다렸어.

하늘에서 준 우리 아기. 그런데 너는 일찍 떠나버렸단다.

벚꽃 잎 흩날리는 아름다운 4월에 너는 작은 꽃잎 한 장이

되어 훨훨 날아갔어.

아주 가벼운 나비처럼 날아갔단다.

자취도 없이 멀리멀리.

그렇게 날아간 너는 멀고 먼 하늘에 작은 아기별이 되었어.

어째서 이리 일찍 이별을 안겨주었니?

156

너를 지키지 못하고 일찍 떠나보낸 나를 용서하렴.

꽃잎처럼 어여쁜 아기야, 미안하구나.

너를 지켜주지 못해서.

부디 저세상에선 행복하게 지내렴. 그리고 용서하렴.

너를 영원히 사랑한다.'

새미는 그날 엄마의 일기장에 적힌 글을 읽고는 엄마에게 물었다.

"이 아기가 누구냐."라고.

그제야 엄마는 새미 위로 언니가 있었다고 했다. 그 아기는 엄마의 부주의로 안타깝게 배 속에서 죽었다는 이야기를 하며 가슴 아픈 일이라 마음에만 묻어두었다고 했다. 그때 새미는 마음이 이상했다. 자신에게도 어쩌면 언니가 있었을 뻔했다는 사실이 놀라웠다.

"자, 이제 파티를 해야지."

허니가 목소리를 높여 말했다.

"정말? 아, 파티가 궁금해. 도대체 파티는 어디서 하는 거니?"

봄비가 들뜬 채로 말했다.

"이 창문 너머로 사다리가 놓여있어. 사다리를 타고 내려가면 뒤 정원에 파티가 마련되어 있어."

"왜 이 집의 아래층과 정원은 사용하지 않는 거지? 아래층이나 정원에서 파티해도 되잖아?"

새미가 너무 의아해서 질문을 던졌다.

"이 집은 한동안 비어있던 집이지만 내가 이곳을 사용할 수는 없어. 왜냐하면, 나는 다른 별에서 온 소녀이기 때문에 아주 특별한 공간밖에 사용할 수 없단다. 즉, 이 집의 다락방은 나의 이런 계획을 위해 특별히 준비된 공간이야. 그리고 이 창문 너머도 마찬가지고. 그러니 너희를 내 공간으로 데려갈 수밖에 없어. 자, 어서 가자!"

허니가 창문을 활짝 열며 말했다. 아이들이 몰려가 창문 아래 사다리를 내려다보았다. 사다리 길이가 까마득히 먼 것처럼 보였다. 슈퍼 달이 뜬 날이지만 이상하게 창문 밖은 어둠이 더욱 짙었다.

"너무 깜깜한 데다, 무서울 것 같아."

봄비가 겁에 질린 목소리로 말했다.

"나는 안 무서운데. 너희들 아무리 무서워도 파티를 하려면 이 사다리를 타고 용감하게 내려가야 해. 다들 용기를 내!"

허니는 꽃다발을 안은 채 한 손으로 사다리를 붙잡고 능숙하게 내려가기 시작했다. 다음엔 새미가 나섰다.

"여기까지 와서 파티를 못 한다면 말이 되겠니? 파티 장소에서 만나자."

새미는 창문을 넘어 사다리를 타기 시작했다. 사다리 밑이 아득한 것만 같아 새미는 일부러 내려다보지 않았다. 하지만 코끝에 닿는 공기는 무척 상쾌해서 기분을 좋게 했다. 새미는 위에서 내려다보고 있는 친구들을 향해 소리쳤다.

"조금도 무섭지 않아. 아래를 내려 보지 않는다면 말이야. 아니야. 내려다봐도 상관없어. 너무 깜깜해서 아예 안 보이니까."

"그 말이 더 무서운데?"

설주가 중얼거리며 우선 몽몽이를 사다리에 내려놓았다. 그러자 놀랍게도 몽몽이는 폴짝폴짝 사다리를 잘도 탔다. 다음은 봄비, 그리고 맨 마지막에 설주가 사다리를 탔다.

사다리에서 내리자마자 그곳은 전혀 딴 세상이었다.

분명 허니 집에 있을 때는 밤이었지만 사다리에서 내려서는 순간 온 세상의 빛이 이곳에 모인 듯 환했다. 그곳은 정원이라고 하기엔 너무 넓었다. 아니 동산이나 들판이라고 해야 더 어울렸다. 푸른 잔디가 깔려있고 한쪽으로는 실개천까지 흐르고 있었다. 주변으로는 연녹색의 수양버들이 휘늘어져 있었고, 그 실개천에는 멋들어진 바나나 보트도 놓여있었다. 아이들은 좋아서 뛰어다녔다. 볼을 스치는 바람은 보드라웠고 그 바람결에는 꽃향기가 묻어왔다.

"꽃향기야."

새미가 소리쳤다.

주변을 둘러보니 주변으로 온통 루피너스 꽃이 줄지어 심어져 있었다.

"와, 너무 이쁘다."

꽃 주변으로는 수십 마리의 나비가 날아다녔다.

"인연을 다 하지 못한 우리와 같은 영혼들이 모인 거야. 오늘 파티로 인해 이제 이들의 슬픔은 다 치유가 될 거야. 어때? 멋진 파티지?"

"응. 너무 멋져. 마치 천국의 잔치 같아."

그때 어디선가 맛있는 냄새가 솔솔 풍겨왔다. 새미 배에서도 꼬르륵 소리가 들려왔다. 언제 차려졌는지 길게 늘어선 테이블에 맛있는 음식이 가득 놓여있었다. 놀라운 것은 그곳엔 허니와 새미, 그리고 새미의 친구들과 몽몽이, 또 꽃과 나비들뿐 그 누구도 없었다. 요리사도 없고 시중을 드는 사람도 없었다. 그런데 어느새 음식이 준비되어 있었다.

"세상에서 제일 맛있는 음식들일 거야. 먹어 봐."

허니는 친구들에게 음식을 권하면서 그제야 가슴에 꼬옥 안고 있던 꽃을 투명한 꽃병에 꽂았다. 그리고 깨끗한 테이블보가 깔린 탁자 가운데에 두었다. 꽃 안에 파묻혀있던 나비가 휘리릭 날아올라 들판의 나비들과 뒤섞인 채 날기 시작했다. 몽몽이도 신이 나서 들판을 뛰어다녔다.

모두들 먹고 마시고 뛰어놀았다. 배도 타고 그네도 탔다. 살랑살랑 날아다니는 나비들과 숨바꼭질도 했다. 이어 어디선가 아름다운 음악이 울려 퍼지기 시작했다. 어느새 꽃이 줄지어 피어 있는 길가에서 검은 정장을 입은 악단들이 아름다운 연주를 하고 있었다. 그때 새미는 악단 중에 어린 소년이 섞여 있는 것을 보았다.

"허니, 저기 좀 봐. 어린 남자아이가 있어. 혹시 너의 친구 아닐까?"

그러자 허니는 빙긋이 미소만 지었다.

이어 경쾌한 왈츠가 연주되었다. 허니와 새미, 설주와 봄비는 손을 잡고 원을 돌며 춤을 추기 시작했다. 몽몽이도 아이들의 원 안에서 빙빙 돌며 즐거워했다. 아이들 위로는 나비들이 원을 그리며 함께 춤을 추었다. 루피너스 꽃들도 어깨동무하고 몸을 흔드는 것처럼 같은 방향으로 한들한들 움직이기 시작했다. 아이들은 오래도록 춤을 추었다. 이윽고 아름다운 연주가 끝나자 허니가 말했다.

"오늘 너무 행복한 파티였어. 마음속에 묻어둔 사랑하는 이들을 초대해 멋진 파티를 열었으니까 말이야. 오늘 파티는 여기까지야. 이제 곧 어두워질 거야. 그 전에 우린 다시 사다리를 타고 올라가야 해. 안 그러면 너희들은 영원히 집에 돌아가지 못할 수도 있어."

"뭐라고? 그건 말도 안 돼. 이곳이 아무리 아름다운 곳이어도 우린 집으로 돌아가야 해. 아니, 집에 가고 싶어."

봄비가 소리쳤다.

164

"자, 그러니까 이제 서둘러 사다리를 타고 올라가자."

허니는 나무가 우거진 곳으로 아이들을 데려갔다. 그곳엔 사다리가 그대로 놓여있었다. 위를 올려다보니 까마득히 높아 보였다.

"내려왔던 순서 반대로 올라가는 거야. 첫 번째는 설주, 그다음은 봄비, 그다음은 몽몽이, 그다음은 새미, 그다음은 나 허니."

그때 새미가 소리쳤다.

"우리 엄마 아빠도 가야 해. 꽃다발은 가져왔니?"

그 말에 허니는 깜짝 놀라며 소리쳤다.

"이럴 수가! 깜빡했어."

허니는 되돌아가 꽃다발을 안고 왔다. 새미는 꽃송이를 헤치며 나비를 찾았다. 다행히 나비 한 쌍이 그곳에 똑같은 모습으로 파묻혀있었다.

그들은 허니의 지시대로 사다리를 타고 올라가기 시작했다.

그리고 마침내 창문을 넘어 다시 허니의 다락방에 다 모였다.

"이제 내 할 일은 다 끝났어."

허니가 꽃 더미에 얼굴을 묻은 채 향기를 맡으며 말했다. 허니가 고개를 들었을 때는 매우 홀가분하다는 표정이었다.

"이제 우리는 여기서 작별을 하자."

허니는 꽃송이에 입맞춤한 뒤 새미에게 건넸다.

"엄마 아빠가 마법에서 풀리는 방법은 꿀을 타서 비처럼 뿌리고, 너희는 꿀차를 마셔. 그렇게 하룻밤 자고 일어나면 모든 것이 원래대로 돌아와 있을 거야."

그때 새미가 돌발 질문을 했다.

"아, 네게 궁금한 게 있어. 너 글자 맞춤법이 다 틀렸잖아. 왜 맞춤법이 엉망인 거지?"

그 질문에 허니는 갑자기 큰 소리로 웃기 시작했다.

"하하하. 난 외계에서 온 소녀니까. 내 별은 글자가 달라. 하지만 나는 이 별로 오는 과정에서 자연스럽게 글자를 배웠어. 완벽하게 다 깨우치진 못했지만, 그 정도면 충분해. 너랑 소통이 됐으니까."

그러자 설주도 엉뚱한 질문을 던졌다.

"한 가지만 물을게. 넌 분명 유령이 아니지? 아니라고 말해 줘. 난 그것을 확인하고 싶어."

"그건 왜 묻지? 내가 유령처럼 무섭니? 난 외계에서 온 아이라고 분명히 말했잖아."

"왜냐하면 유령은 차갑다고 하던데……, 난 너를 안아보고 싶어. 그럼 네가 유령인지 아닌지 확인이 될 것 같아. 사실 난 네가 유령이어도 좋고 외계에서 온 소녀여도 좋아. 어쨌거나 우린 잠깐이지만 우정을 나눈 친구니까."

설주 말에 허니는 밝게 웃으며 아이들과 포옹했다. 세미도 허니와 포옹을 했다. 가슴과 가슴이 닿았을 때 따뜻함이 전해져왔다. 허니는 마지막으로 몽몽이까지 꼭 끌어안았다. 몽몽이가 짧게 두 번 짖어대며 허니의 볼을 부드럽게 핥았다.

"역시 넌 유령이 아니었어. 네 가슴은 참 따뜻하구나."

설주 말에 새미와 봄비도 고개를 끄덕였다.

"어서 가. 아래층에 있는 뻐꾸기시계가 마지막으로 한 번 더 울릴 거야. 그 전에 이곳을 빠져나가지 않으면 영원히 못 나갈 수도 있어. 그리고 누군가 일찍 세상을 떠난 어린 영혼 때문에 아픈 이들이 있다면 이렇게 말해 줘. 그 어린 영혼들은 모두 원래의 자기 별로 돌아가 행복하게 살고 있다고 말이야. 나도 이젠 이곳을 떠나 원래의 내 고향으로 갈 거야. 아슈바타 나무가 그림처럼 서 있고, 인자한 부모님이 계신 내 집으로 말이야."

그때 열린 창문으로 초록 새가 들어와 창틀에 앉았다. 초록 새는 가만히 허니와 눈을 맞췄다. 돌아갈 시간이 됐음을 알리는 눈빛이었다. 허니가 먼저 작별 인사를 건넸다.

"잘 가. 내 친구들!"

그때 새미가 허니 손을 잡았다.

"허니제이, 잠깐만! 부탁이 하나 있어."

"뭐지?"

허니가 궁금한 듯 눈을 동그랗게 떴다.

"너를 언니라고 한 번만 불러 봐도 되겠니? 난 언니가 있었으면 좋겠다고 늘 생각했거든."

그러자 허니가 말없이 고개만 끄덕였다.

새미는 허니의 눈을 바라보며 천천히 입을 열었다.

"어, 언……. 언니……."

그 순간 새미는 눈시울이 뜨거워지는 것을 느꼈다. 허니 눈에도 이슬방울이 반짝거렸다. 허니는 아무 말 없이 고개만 끄덕인 채 새미를 안아주었다. 서로의 가슴은 따뜻했다.

"자, 어서 움직여. 빨리 이곳을 빠져나가야 해."

"알았어."

새미는 친구들과 함께 곧장 아래층으로 내려갔다. 그때 뻐꾸기가 울기 시작했다.

"스위스제 뻐꾸기는 언제나 제멋대로야."

새미는 중얼거리며 친구들과 함께 재빨리 현관을 나오고 대문을 빠져나왔다.

17. 먼 별의 아이에게

집으로 돌아온 새미는 허니의 말대로 물에 꿀을 타 분무기 통에 담았다. 두 마리의 나비는 여전히 꽃다발 속에 파묻혀있었다. 새미는 꽃다발 속 나비에게 물을 뿌려주었다. 나비는 움직이지 않은 채 가만히 있었다.

"자, 다 됐어. 우리도 어서 잠옷 파티의 마지막 밤을 보내야지."

새미 말에 친구들이 고개를 끄덕였다.

"그래. 잠옷 파티의 마지막 행사는 꿀차를 마신 뒤, 한 침대에서 우리 셋이 함께 잠을 자는 거지."

　셋은 따뜻한 꿀차를 타 돌려 마시고 나서 침대로 갔다. 그리고 셋은 헝클어진 채 잠이 들었다. 몽몽이는 잔 속에 남은 꿀차를 혀로 핥았다. 그러고는 새미 품으로 파고들었다.

　새미가 눈을 떴을 때는 이미 아침 해가 새미 방안을 환하게 비추고 있었다. 새미는 긴 꿀잠을 자고 깨어난 것처럼 온몸이 무척 개운했다. 밖에서는 아빠와 엄마 목소리가 들려왔다. 여느 날의 아침처럼 주방에서 그릇 부딪치는 소리가 났다.

돌아보니 옆에서 설주와 봄비가 꼭 끌어안은 채 자고 있었다. 새미는 거실로 나갔다.

"어제는 그 난리를 피우더니 잘 잔 거야? 게다가 수면제 같은 꿀차를 먹여 우리를 잠들게 한 뒤 너희들 밤새 무슨 짓을 한 거니?"

엄마가 곱게 눈을 흘기며 말했다.

"수면제라뇨? 엄마 아빠는 많이 피곤하셨는지 꿀차를 드시는 순간 그냥 쓰러져 주무시더라고요."

"암튼, 밤새 잠옷 파티는 재밌게 한 거야?"

엄마가 웃으며 물었다.

"그게 아닌데……. 엄마! 혹시 무슨 기억 안 나요? 아빠도 전혀 기억 안 나요?"

그러자 아빠가 고개를 갸웃갸웃하며 식탁에 앉았다.

"무슨 기억? 어제는 나도 그렇게 깊은 잠에 빠져들 줄 몰랐어. 그런데 참 희한해."

아빠가 느릿느릿 말을 이어 나갔다.

"어젯밤에 너무나 선명한 꿈을 꿨어. 아니야, 이건 꿈이 아닌 것 같아. 실제 겪은 일 같았어."

"여보 그게 뭔데요? 나도……. 사실 어젯밤에 이상한 일을 겪었어요."

"그게 뭐지? 당신부터 얘기해 보구려."

그러자 엄마도 식탁에 앉아 턱을 받친 뒤 꿈꾸는 듯한 표정으로 말했다.

"어제 꿈에 그 앨 봤어요. 화사한 빛으로 가득 찬 어느 곳에서 그 애가 춤을 추며 노는 것을 봤어요. 아기에서 훌쩍 자라 이미 소녀가 되었더라고요. 처음 보는 얼굴이었지만 난 그 아이가 우리 아이라고 생각하며 바라봤어요. 이제껏 느끼지 못한 그런 감정이에요. 그리고 생각했죠. 이제 마음의 짐을 털어도 되겠구나. 그 애는 좋은 곳에 가 있구나……, 생각했어요."

그러자 갑자기 아빠가 소리쳤다.

"놀라워! 나도 똑같은 일을 경험했어. 난 그게 꿈인 줄 알았는데……. 그렇다면 우리가 겪은 일은 꿈이 아니란 말이야?"

아빠가 눈을 커다랗게 뜬 채 흥분하며 말했다.

"그곳은 참 아름다웠어. 나는 드넓은 하늘을 맘껏 날았는데 마음이 그렇게 홀가분할 수가 없었어. 이건 아주 색다른 느낌이었고 경험이었지. 난 그것이 꿈이라고 생각했는데?"

엄마 아빠의 이야기를 가만히 듣고만 있던 새미가 끼어들었다.

"엄마 아빠는 지금 큰 착각을 하고 있어요. 사실 그 일들은 꿈이 아니에요. 어제 엄마 아빠가 드신 꿀차는 마법의 차였어요. 그 차를 마신 엄마 아빠는 나비로 변했고 나는 두 분을 모시고 초대받은 파티에 갔다 왔어요. 그 파티는 먼 별에서 온 작은 소녀가 벌인 파티였어요. 두 분을 꼭 모시고 싶다고 했거든요. 두 분이 꿈처럼 여기는 그 일들은 바로 어젯밤에 일어난 일들이라고요."

새미는 그동안 있었던 이야기를 엄마 아빠에게 들려주었다.

"그래 맞다! 우린 어젯밤에 알 수 없는 세상으로 초대받은 게 확실해. 이 세상엔 마법 같은 일이 종종 일어나니까 말이야. 우린 그런 일들이 거짓말일 거라고 생각하지만 거짓 같은 진실이 있어 이 세상을 놀랍게 하지."

아빠 말에 동조하듯 엄마도 조용히 고개를 끄덕였다. 그 순간 새미는 엄마의 눈에 어려 있는 아기 별똥별 같은 눈물방울을 보고 말았다. 그러나 엄마 얼굴은 깊은 어둠을 밀어내고 새로 떠오른 해와 같이 밝은 얼굴이었다.

"그런데 친구들은 아직도 자는 거니? 이제 일어나 밥 먹어야지."

그때 아빠가 바닥에 있는 책을 주워 새미에게 내밀었다.

"『귀신을 위한 백과사전』이 책은 누구 책이니? 이제 보니 너희들 잠옷 파티하면서 이 책 읽은 거니?"

새미는 아빠가 건넨 책을 받아들고 빙긋이 웃었다. 허니를 안았을 때 차갑지 않고 따뜻했던 기억이 떠올랐다.

'허니는 지금쯤 얼마큼 가 있을까?'

허니와의 파티로, 소란스러운 주말을 보내고 난 뒤 새미는 새로운 월요일을 맞았다. 새미는 학교가 끝나자마자 세모 집에 가보고 싶었다. 그 집이 그대로 존재하는지, 낮에는 여전히 아무도 없는지.

낮에 본 그 집은 여전했다. 새미는 밤에도 가보았다. 밤에도 그대로였다. 하지만 다락방의 창으로 아롱대던 희미한 촛불은 더는 보이지 않았다.

새미는 며칠 동안 연속해서 그 집을 찾아가 보았다. 자신이 겪은 일이 한낱 상상에 불과한 것이 아니라는 것을 확인하고 싶었기 때문이다. 하지만 그 집의 문은 언제나처럼 굳건히 닫혀있었고 안에는 아무도 없는 듯 보였다. 새미는 이상하게 마음이 허전

했다.

'허니제이는 이 별에서 이루고자 하는 소망을 이루었으니 이제 영영 가버린 거야. 이젠 나도 잊자. 잊어버리자!'

새미는 혼자 작별 의식을 갖기로 마음먹고 마지막으로 허니에게 편지를 썼다.

멀고 먼 다른 별의 친구 허니 J에게
허니, 그곳에서 잘 지내니?
어디서든 행복하길 바랄게.

편지를 세모 집 우체통에 넣고 천천히 발길을 돌렸다.

그리고 얼마 동안 그 집을 잊고 지냈다.

그러던 어느 날 우연히 산책을 나온 새미 눈에 그 집에 사람이 있는 것을 보게 되었다. 새미는 깜짝 놀랐다.

정원에서는 젊은 아주머니가 호스로 물을 뿌리고 있었다.

새미는 키가 낮은 대문 앞에 서서 그 아주머니를 물끄러미 바라보았다. 철대문은 열려있었다. 새미는 문을 열고 안으로 들어갔다.

"아주머니-."

새미가 부르는 소리에 아주머니가 호스에 물을 끄고 새미를 바라보았다.

"혹시 이 집에 새로 이사 오신 분인가요?"

"응, 맞아. 그런데…… 왜 그러지?"

"궁금한 게 있는데 전에 이 집에 살던 사람은 어떤 사람인지 아시나요? 혹시 허니라는 아이가 살고 있지는 않았나요?"

"허니? 글쎄, 잘 모르겠는데……, 이 집은 오랫동안 비어있던 것으로 알고 있어. 이 집의 주인은 외국에 사는 어떤 할머니인데 내가 알기로는 그 할머니는 이 집을 지어놓은 뒤 오랫동안 비워두었다가 우리에게 판 거란다."

"그럼 그 할머니는 외국에 살고 계신가요?"

"응. 여행을 자주 다니시는 분인 것 같았어. 이 집을 살 때도 연락이 안 돼서 아주 힘들었거든. 아마 지금도 먼 곳으로 여행 중이실걸! 내가 마지막으로 연락이 닿았던 때는 남극 크루즈 여행을 떠난다고 하셨던 거 같아."

새미는 속으로 외쳤다.

'아, 남극 소녀! 늙은 아이 허니제이.'

그때 나무 위에 앉은 새 한 마리가 새미를 물끄러미 바라보았다. 꼬리 부분에 초록빛 깃털이 보이는 새였다. 새의 작은 눈동자와 마주치는 순간 새미의 가슴엔 알 수 없는 그리움이 밀려왔다. 새는 맑은 소리로 노래를 부르기 시작했다.

"안녕. 나는 멀고 먼 별에서 내려온 소녀라네.

이곳의 아픔을 가져가 맑은 이슬로 녹여내는 소녀라네.

어두운 기억은 내가 다 가져갈게. 슬픔이여 이젠 안녕.

나는 언제까지나 맑은 소리로 행복을 노래한다네.

나는 멀고 먼 별에서 내려온 어여쁜 소녀~."

이오앤북스 어린이 꿈틀문고 2

오늘 밤 10시
허니제이

개정판 1쇄 발행 2024년 11월 15일

글   김경옥
그 림   조민경

발행인   임영진
책임편집   김원섭
펴낸곳   이오앤북스
출판등록   제 2023-000037호
주 소   [13487] 경기도 성남시 분당구 대왕판교로 645번길 12
          경기창조경제혁신센터 7층 42호
대표전화   070-8919-8387   팩 스   031-601-6333
이메일   eonbooks@naver.com
홈페이지   www.eonbooks.co.kr
블로그   blog.naver.com/eonbooks
인스타   @eonbooks

이 책은 김경옥 작가의 『밤 10시의 아이 허니 J』 개정판입니다.

ISBN 979-11-988379-4-3 (74810)
ISBN 979-11-988379-2-9 (세트)